老朱煮酒

朱学东 著

中国工人出版社

图书在版编目（CIP）数据

老朱煮酒 / 朱学东著. —北京：中国工人出版社，2019.9
ISBN 978-7-5008-7280-1

Ⅰ. ①老… Ⅱ. ①朱… Ⅲ. ①随笔—作品集—中国—当代
Ⅳ. ①I267.1

中国版本图书馆CIP数据核字（2019）第206146号

老朱煮酒

出 版 人　王娇萍
责任编辑　董　虹　邢　璐
责任印制　黄　丽
出版发行　中国工人出版社
地　　址　北京市东城区鼓楼外大街45号　邮编：100120
网　　址　http://www.wp-china.com
电　　话　（010）62005043（总编室）
　　　　　（010）62005039（印制管理中心）
　　　　　（010）62004005（万川文化项目组）
发行热线　（010）62005049　（010）62005041　（010）62046646
经　　销　各地书店
印　　刷　三河市东方印刷有限公司
开　　本　880毫米×1230毫米　1/32
印　　张　9
字　　数　250千字
版　　次　2019年10月第1版　2019年10月第1次印刷
定　　价　48.00元

序言

逆·风口上的猪

终于，这本《老朱煮酒》即将付梓。

2016年末时，我下决心开了微信个人公号，取名“老朱煮酒”。

公号名来自石扉客老弟的建议，我觉得倒也贴切，书酒人生，也是我的日常写照，所以毫不客气地拿来用了。将来煮酒，少不得要与石扉客浮一大白。

2013年，著名的公号“妈咪”申音同学多次找我，希望我开个公号，朱学东的饭局，谈美女美食与美酒，其时我陷溺于工作，心无旁骛，只好婉谢。2014年我赋闲时，跟申音聊天，他还是说若我还愿意开，他仍愿意帮我打理。但是，我还是婉谢了他的好意。

但是，在公号已经进入苦闷期时，我却说开就开，毫不犹豫地开了“老朱煮酒”的个人公号。

我开公号的时候，公号之多，多如蚂蚁蚊蝇，其中不少，虽然经营上风光无限，却是声名狼藉。整体而言，公号过了红利期，靠公号盈利养家，且不说它不靠谱，就算是打开阅读以及涨粉之艰难，也是举步维艰了。

这个时候，开个个人公号，确实是要下大决心的。毕竟，当时我的日常工作生活还很忙碌，公号维持也会劳神费力。但是，我这个人，向来不信邪，别人觉得没有了兴趣的事，一旦我兴趣来了，一定会坚持。

“风口上的猪”，是这个时代的励志语言，创业和求新的人，几乎人人都喜欢这句话。这句话换作传统经典表述，就是天时地利人和，意指懂得抓住机会，懂得借势而起，古人说“大鹏一日同风起，扶摇直上九万里”，就算大鹏也要借风而起。风口上的猪，是典型的移动互联时代表达，所以广受追捧，成为今天最励志的神话。

虽然机会的重要性人所共知，但我却一点都不喜欢甚至特别讨厌风口上的猪这样的互联网表达，粗鄙，潜意识里隐喻不就是机会来了你若不创业创业不成连猪都不如嘛。但是，别人却说，你鸡蛋里挑骨头，你自己不成充满醋意。

好吧，大鹏借风齐天，那是它有硕大的羽翼，起而能平安落地。但风口上的猪，就算你飞起来了，你还是猪，你飞得越高，死得越惨。这点不明白，就真是猪脑袋了。

虽然我不喜欢顺风而起的猪，但想想自己，其实也好不到哪儿去。顺风而起，那是人之常情，而我一路走过的人生选择，却也是有违常理的，另一种，那就是有顺风顺水路不走，非顶风作案逆水行舟。这不，公号走下坡路时，开个公号，不就是明证嘛。

我过去写过一篇文章，回忆自己悲剧的人生，用了一个题目，叫“背运的朱学东”。背运，就是“逆势”，但这背运，不是故意的，却是无意中耦合的选择。

回首我已经经历的人生，几乎所有选择的关键时刻，都是逆向而动，逆潮流而动的。我不知道为什么，似乎在过去30余年人生里，在与己有关的重大事件上自己做出的每一次选择，与社会大势相比都慢了一拍。严重点说，是每次选择按世俗的眼光当然也包括我今天的眼光来判定都是有问题的，属于在错误的时间做了错误的选择；诙谐一点说，是我选择的“眼光与众不同”。别人都是弄潮儿要立潮头，我却与西下的残阳为伍：

上高中时，我选读文科班，那时的潮流是学好数理化走遍天下都不怕，而我所在的中学，当年即以理科闻名，文科号称“垃圾班”；

考大学，理论专业走下坡路，法政商业兴起，我却选了马克思主义为主的哲学系；

大学毕业，人或从政，我当老师，教马克思主义，那时是造火箭不如卖茶叶蛋的时代，而且80年代末一页翻过，马克思主义于当时社会，影响下行；

后来参加中央国家机关公务员考试，当了公务员，社会潮流却是市场经济，下海潮起；下定决心与体制割袍断义时，别人削尖脑袋要当公务员；

去做炒股票报纸，赶上证券市场低迷，互联网初兴，消灭了此类报纸k线图市场，畸形的“做多中国”的牛市终于在我刚刚熟悉业务后走到了崩溃的边缘；

回转做行业媒体，选的是与传统媒体为主的，这次终于赶上了文化体制改革的潮流，我竭力为市场化媒体鼓与呼，自己却很快回家抱了孩子，至于自己期待并为之呐喊的，无非是2003年那个非典型春天的一场春梦；

到市场研究公司，做的还是与传统媒体相关研究，彼时互联网兴起，传统媒体自己没有成长起来，边界却被互联网框住，互联网研究，已经成为新贵；

到《南风窗》，政经杂志的黄金时代一去不返；到《中国周刊》，在移动互联的社交媒体时代，却被迫做了一本月刊；

再次就业时，明知传统报纸趋势，却毅然投身，如飞蛾扑火，效力于《新京报》；

其他诸如别人读电子书，我却只爱纸书；别人为挣钱写字，我却只知道写自己感兴趣的东西……

如今公号末路，我却才想起开，又是一个逆水行舟之举——别人希望通过做公号完成KPI，成为KOL，赚大钱，到纳斯达克敲钟；而我自己，其实就想自说自话，就是一个失败的话痨的自留地，即使到了2019年的今天，我对自己公号的定位，依然如此。

深究起来，或许还是因为自己见识浅陋，眼拙所致。怨不得成为人生失败者，只好谈点自己的掌故。不过，人生虽均逆潮流，但也悠然自得，睥睨江湖。除了囊中略羞涩，倒也不觉得失败不觉得是失败的人生，相反，能够为兴趣而选择，虽然落伍，虽然逆势，内心还挺自豪的。所以顺也罢逆也罢，坚持，最后不过殊途同归。那谁，简小姐不是说，穿过坟墓，站在上帝面前，我们在精神上是平等的。也是，谁死后不都是一抔黄土而已嘛。

在公号开始式微的时候，开这个“老朱煮酒”的个人公众号，也只是个人兴趣，希望跟大家聊聊醉眼看到的世界和散着酒气的人生百味。这里，我将煮酒聊茶，聊美食美女，也聊兄弟情义；聊书聊诗，也聊山川风物；聊身历的媒体往事，也聊江湖八卦，更聊我最爱的江南旧闻，儿女情长。

本书所有文章，皆取自前公号“老朱煮酒”，其中有些文章，曾经在媒体上公开发表过。感谢我的朋友杨葵兄为本书题写了书名，感谢为这本书出版付出努力的朋友们。

全书话题庞杂，皆为亲历；文字不美，但自内心。尚可自傲的是，本该速朽的文字，时过境迁后重读，竟然内心仍起了小小的涟漪，却毫无违和之感，更无速朽过时之叹。

无他，百分之百诚实。

2016年11月5日

2019年9月21日修订

目录

第一编　翻书党

第二编　嚼白句

第三编　怀旧党

第四编 饭醉党

第一编

翻书党

读书改变的命运

读书改变命运，这句话对于我而言，是千真万确的，这不是指所经历的应试教育的读书，而是世人眼中日常的无用之读。事实上，今天的我，精神和立世之道，更多是这种无用之读形塑的结果。

我出生在江南一个普通农家。父亲曾经读过高小，母亲识字不多。喜爱读书的父亲，是我人生阅读的第一个老师。虽然父亲从来没有教过我读书，但耳濡目染，父亲的阅读影响了我。我自上学识字起，除了课堂的阅读，更多悄悄追随父亲的阅读，翻看他藏在抽屉里或枕头下的书，无论能否读懂能否消化，囫囵吞枣，连不认识的字都不敢问父亲，怕被父亲发现，责怪我不好好学习。我后来一目十行不求甚解的读书陋习，应该缘起在此。

中学时，我的母校，江苏省武进县前黄中学，虽然是乡村中学，在当时算有一个不错的阅览室和图书馆。学习之余，我花了不少时间浸泡在阅览室里。

1978年之后，刊物有一个复兴阶段，那个时候，学校里订阅了很多杂志，在这些杂志上，我读到了《永远的尹雪艳》《克莱默夫妇》《敦厚的诈骗犯》《山中那十九座坟茔》等。

上高中以后，我不仅盘踞在阅览室，也开始频繁进出学校的图书室借书，我读了大量的当时的流行小说，也读金庸、梁羽生的武侠小说。这些小说，如同今天的手游一样迷住了我，甚至开始影响我的学习。因为我在自习课上不再是认真复习，而是偷偷读小说。

高一时，一次早自习，我正透过课桌上的窟窿，偷偷看着小说，突然感觉被人在脑袋上敲了一下。一抬头，老师瞪着眼盯着我。老师把我叫到宿舍，狠狠地教育了一顿，说我父亲辛辛苦苦卖鱼卖芹菜供我上学，我却不好好学习反而看小说。老师没收了我的书，直到期末才还我，那本书是从学校图书馆借的，书名我至今记得:《在黛色的波涛下》。在高三离高考很近的时候，也是一个早自习，我同样透过桌子上的窟窿在看李存葆的《山中那十九座坟茔》，竟被感动得抽噎起来，赶上教导主任兼我的历史老师巡查，他问我怎么回事，才把我从故事情节中拉回现实。但是，也许正是由于这样庞杂而漫无目的的阅读，在我的心里，一个新的世界正在养成，这个世界，是溢出了家庭和学校教育范畴的。

大概是1984年，我在前黄中学图书馆里的一本杂志上读到了程乃珊的《蓝屋》，小说中两个人物的人生选择，给我留下深刻的印象：女主人公是军区副司令的女儿，却不暴露身份，以普通人的身份工作、生活；男主人公受父亲和女主人公的影响，最终放弃了家族巨额财富的继承权，走上自我奋斗的道路。

当时的我，还是个充满幻想的中学生，对小说里的男女主人公尤其是女主角和男主角父亲的人生选择，对自己命运的把握，充满了由衷的敬意，这种敬意后来也影响了我的人生选择。

1985 年高考之前，学校召开毕业班填志愿动员大会。大会开始前，我的班主任找到我，告诉我，如果填报南京大学，在录取的时候，可以加 20 分。班主任说学校准备推荐我上南京大学，让我自己考虑，动员大会结束后告诉他我考虑的结果。

彼时，考上大学，把农村户口转成城镇户口吃上“皇粮”，几乎是我们那一代农家子弟摆脱面朝黄土背朝天生活的唯一动力，而像南大这样的名校，更是具有吸引力。但是，在周围同学错愕的眼光中，我谢绝了班主任的提议，当天我填报了吉林大学哲学系——我的老师在给我们上课时介绍过当时中国哲学界的名家——吉林大学的高清海老师。

当天放学后回家，村里当老师的族人都来问我志愿报了哪，听说我放弃南京大学后，大家都很吃惊，一位老师跟我父亲说，你儿子发痴啊，放着南京大学——从前的中央大学这么好的学校不上，非要跑冰天雪地的东北去，你得管管。父亲连夜骑车去了学校找我的班主任，但因我已公开拒绝，覆水难收，父亲拜托班主任无论如何劝阻我报考吉林大学。

第二天我一上学，班主任就找我，跟我谈了父亲的想法，也谈了他的想法。他劝我不要报吉林大学，如果想上哲学系，又不想上南京大学的话，不妨报考北京大学哲学系。老师说，北大哲学系主任朱德生不是你们一村的吗，考上了也好有个关照。

我拒绝报考南京大学最大的考量，不是因为南大不好，而是因为它离家太近！我当时的想法是，我不想在父辈的羽翼庇护下继续生活，我要冲出熟人的羁绊，到陌生的世界去——这是《蓝屋》这部小说给我的最大影响——不靠家庭恩泽庇荫（当然我的家庭也不可能庇荫我），而靠个体的努力，过自己的生活。所以，我也没有接受班主任老师报考北大的好意规劝，最后报考了人民大学哲学系。从此奠定了我一生的命运。

我后来的许多选择，都跟利益无关，以至于有人认为我是读书读傻了。在后来人生的每一个路口，最终我都选择了自我奋斗这条路，虽然充满荆棘，坎坷颠簸，华发早生，一路蹒跚走过，却也过得踏实安详。而这一切，都跟伴随我一生的无功利阅读密切关联。

不是读书读傻了，而是服从自己的内心。我日常的无用之读，真正构建了我的精神底色，让我清楚，自己需要什么，应该追求什么，坚持什么。

现在谁还翻《辞源》

我的书架上有一套《辞源》。

《辞源》两字，是叶圣陶先生题写的。它静静躺着，已经多年。每年我对它们唯一所做的，就是定期擦拭灰尘。

我没有打开它们已经很久了。直到我重新开始抄读《离骚》，才趁机打开它，偶尔查一下。

这套书跟着我，从北京南郊大兴印刷学院的单身教工宿舍，到了镇上的居民小区；又一路跟着我，从大兴到北京的东城，然后又从东城到丰台，算得上颠沛流离，但依旧完好地竖立在我的书架上。

曾经，这套书是我最宝贵的财富之一。

我第一次使用《辞源》，已经工作了，偶尔从图书馆借过，查阅一些自己不认识的字词和它们的渊源。但自己那个时候，没有能力拥有这样一套辞典，它的价格比我刚工作时一个月的工资还高！

大约是1990年，我的同事请我给他孩子当家教。当家教期间，他家书架上满架子的书，只有一套《辞源》给我印象深刻。

1993年，我被朋友拉着开始编纂图书，要将古汉语翻译成白话，同时要把用典解释好。我突然想起了同事家书架上的那套《辞源》，应该是能够给我帮上很多忙的。

于是，我找同事商借这套《辞源》，同事很爽快地答应了。

从此，这套《辞源》，便成了我的案头书，随时翻看查找，不仅满足了我纂书查询的基本需要，翻阅的过程，也让我自己受益匪浅。这种受益，其实是随手翻阅的浸淫，与今天几乎完全依靠互联网搜索的收获感觉是不一样的。

有一次，我在哗啦啦的快速翻页中，速度太快，不小心把其中某一页扯了，页面上出现了一条大概不到三分之一页长的裂缝！

我吓了一跳，愣住了。人家的书借给我时，全新的，没人翻过。而到了我手上，却被损坏了，我一时不知道怎么办。当然，不告诉书的主人，也没事，根本看不出来，他什么时候才会发现，谁知道？告诉主人，应该也不会怪我，就是扯了条缝，不到三分之一，页面也还算完整，除了有损美观和心理上的别扭，什么也不影响。

在忐忑中，我继续使用着这套《辞源》，同时想着如何善后。《辞源》这样的大部头书，一般书店是没有卖的，当时大兴的新华书店就没有，我去大学时熟悉的书店比如人大的书店和魏公村的书店，都没有。而学校图书馆的《辞源》都是打上印戳的，借本出来偷梁换柱也是行不通的。

无奈之下，我向一位老大哥讨教，他是学校图书馆的领导，我问他像《辞源》这样的书，什么样的书店才有卖？他建议我到西四新华书店看看，那个书店比较大，可能应该有。

西四新华书店所在地，过去在北京属于热闹繁华的内城，街道狭窄，却车水马龙。不过彼时的西四新华书店在北京还是赫赫有名的。我上大学的时候，也骑车去那儿买过书、翻看过书。

一个周日的早上，我从大兴黄村骑车进城，穿越大街小巷，骑行将近30公里，才到了西四新华书店。一打听，真有。按店员的指点一看，书架上摆着一套熟悉的《辞源》！我赶紧让店员给我找套新的，店员找了一套出来，说除了样书，就这一套啦。

结账时发现这套书真的很贵，全套81.8元！

这个数额，比我1989年参加工作时的工资高了许多，即便加上郊区补贴，我工作第一年的月工资也不够80元！

我只能咬着牙，掏出钱包。幸好有备而来，付完账钱包一下子瘪了。结完账时，店员已经用绳子把书打好了捆。我跟店员要了几张废纸，胡乱把辞典包了一下，捆扎在自行车后座上，然后一路心疼着骑车回了大兴。

我后来把被我不小心扯了条缝的第三册用新买的替换了，除了被我翻动的痕迹外，那套《辞源》，我是完好无损地还给了同事，而我自己的书架上也就多了套《辞源》。

我手上的这套《辞源》，是商务印书馆根据1915年版《辞源》及后续各版，从1976年开始修订编辑的，1979年第一版。我那四本中，一二三册印刷于1992年，定价分别为21.4元、24.6元和24.1元，第四册最厚，1986年印刷，定价11.7元！

我在学校工作的最后岁月，这套《辞源》给了我许多帮助，它打开了我的视野，让我学到了许多新的知识。虽说购买时心疼得似要流血，但事后真正认识到，当时这81.8元的花费，一点都不亏，是自己赚了。虽然如今我也几乎不再用到它。

现在再读旧时典籍图书，大多都有校注，几乎不用自己亲自去翻查。不过，我还是很喜欢看着这套《辞源》静静地立在书架上，那里留下了自己诸多印记，包括对书的热爱、贫寒岁月被迫表现出的一掷千金的豪奢，而更多的是书里的知识和智慧，留在了自己的记忆里。

2014年8月的一个下午，我走路经过西四，那个新华书店还在。我特意走了进去，门口堆头放了几本《新语》，屋里没有几个人头，冷冷清清的，再无一点当年盛景。

补记：2017年2月11日，我在朋友圈转发《新京报》书评周刊公众号的一篇文章《商务印书馆120年：晒本老书，那时你还豆蔻》时，加了句话："我当年买了套《辞源》，觉得特别值。尽管多年没打开了。"我的朋友顾东君看到了，问我的《辞源》是哪一年的版本，说估计很可能是她父亲当年参与修订的。她父亲当年是第一审稿小组组长。她告诉我，这套版本1979年启动修订，1983年出版，那时她还是个小姑娘，跟着修订《辞源》的父亲，在北京住了3年的四合院。

我回家从书架上拿下来，翻出一看，她父亲的名字果然在列：顾绍柏。也算是我这套书的一点小故事。

有缘。

天空散发出黄金般迷人的光芒

2016年8月，新星出版社出版了我的一本书，书名为《黄金般的天空》。

这是一本我近几年来个人的阅读笔记，也是我近年来个人思想成长的一个片断的私人记录。

书出版后，曾有同为编辑兼作家的朋友问我，《黄金般的天空》这个书名挺好，为什么会想到用这个做书名？

其实，这个书名，不是我起的，是这本书的策划出版人老愚取的。

老愚兄是我多年的老大哥酒友。他最初最想出的，其实是我经手编辑的一位明星的文字，后来我的《江南旧闻录》出版后，他觉得我的文字这样出殊为可惜，他希望能重出我的《江南旧闻录》。他的《暮色四合》也是关于少年成长的记忆，不过与我的江南旧闻重构数代人关于江南乡村旧时生活集体记忆不一样的是,《暮色四合》是关于他个人成长的私人史。

不知是从我的江南旧闻起，还是因此前在社交媒体上他读到的我的文字起，老愚一直希望我能把我的文字交付他。当然，我看了他出版的赳赳的作品，以及他自己的《暮色四合》，自是放心。但是，因为个人情面，加上当时有几家出版社在和我沟通，我一直有些犹豫，但老愚每次见到我都跟我提这个话题。

直到有一天晚上，老愚给我打电话，说，老兄，我读你这些年的文字，觉得它们代表了你精神生活的两翼：江南旧闻代表了你个人情感的一翼，而那些读书笔记，则代表了你思想成长的另一翼……

这句话一下子击中了我。尽管老愚给我开出的条件，是在和我谈的出版社中最差的，但我电话都没放下，当即决定，把这些文字（除了此前已交付他人的往事追忆之外，所有手上的江南旧闻和读书笔记）都交付给他。

就因为这句话。

编辑过程中，我把起书名的责任也交给了老愚。有一天他问我，书名为《黄金般的天空》如何?

我觉得书名倒是朗朗上口，但我问他此意何解?

老愚极其简略地回了我一句:“思想者若星辰遍布天宇，散发出黄金般迷人的光芒。”

我很惭愧，我只是个思考者。但我很喜欢他的诠释。包括美编设计的理念，天空中有三只鸟儿："鸟，寓意自由、不须有固定的方向，但凭己愿。即如作者所言，随时有一本可以打开的闲书，不分类别（这正是我的阅读习惯，无用之读）。三只鸟可以暗合本书的三个部分：史思、哲思和闲章。"

我欣然接受了老愚兄和美编的意见。

我后来在老愚诠释的基础上自我添注赋予了这个书名另外两个含义：

其一，化用了布罗茨基在阿赫玛托娃百年时的献诗：

> 你发现了它们，还有那——你暗自燃烧的命运，
> 长眠于祖国大地，她感谢你，
> 至少让她得到了在聋哑的天空海洋中发言的礼物。

我想冲破的就是聋哑的海洋天空，能够拥有星辰散发出黄金般光芒的天空，这也算是某种理想吧（能不能当然是另外一回事）。

其二，通常人们说的都是蔚蓝的天空，蔚蓝用得太多、太平，甚至太俗——缺乏想象。其实，早晨和傍晚，都有黄金般的天空的。

汉景帝说，黄金珠玉，饥不可食，寒不可衣，不如谷麻。但是，谷麻养人，却不能让人有想象力，黄金自古就是奢侈品的代言，就像今天，独立思想依然是奢侈品。黄金虽不能充饥御寒，却是人人渴望拥有而只有少数人才能得到的。拥有物质上的黄金，比拥有黄金般的思想又不知要容易

多少。直到今天，拥有独立的思想，依然是一种奢侈的品质，一旦拥有，就会冲开世俗的囿见，而拥有与众不同的天空，黄金般的天空。

我这两条增加的注解，权当是续貂的狗尾吧，但也是我内心真实的想法。

拥有黄金般的天空，这就是一种个人形而上的追求吧。

那些年和父亲一起读过的书

生于1943年的父亲，高小毕业。与认不了几个字的母亲不同，在乡下，高小毕业的父亲，也算是个秀才了。

父亲农闲时好读些闲杂书，这个习惯，至今不变。

父亲并没有教我读书。但是，在我开始阅读的时候，几乎就是父亲读什么，我也读什么。可以说，父亲是我最初阅读的引路人。

父亲读的，都是乡下能够找到的闲书。旧时生活艰苦，父亲自然没有闲钱去买书，父亲的书都是借来的。同村父亲同辈中，有一个年岁比父亲长的族兄，是小学老师，也好读书，经常从学校带小说回来，他和父亲分享这些小说，父亲则把打回的鱼和黄鳝之类，稍微便宜一些卖给他，某种意义上也算是一种交易。不过，我后来观察到，两个老人之间常分享他们读书的收获，或许，这种乡下难得的读书知音，是他们愿意共享图书的更为重要的原因。

通常父亲会把他借来读的这些书，放在他的枕头底下，或者母亲梳妆台的抽屉里。而我在认字之后，总是能在父亲不在家的时候，找到这些书，无论字认不认识，囫囵吞枣，估个大意，快速浏览。快速是怕父亲发现，责怪自己不好好读书，而读这些无用之书。我后来反省，自己阅读时一目十行不求甚解的陋习，大概就是那个时候养成的。

后来我们父子聊天，父亲说，当然知道我偷偷看他拿回家的书，只是没点破，因为我那个时候，学习干活都不用家里人操心。

跟父亲最初阅读的那批书，我已经记不起书名了。依稀记得有两类，一类是反映上海知青在东北的故事，我最早知道东北有三宝，人生貂皮乌拉草，就是在这类小说里。当然，这小说，跟我后来读的梁晓声的《今夜有暴风雪》，价值观完全不一样。知青小说之外，还有反映上海郊区人民公社与农村地富反坏右斗争的小说，名字也已忘记（注：感谢《常州日报》沈向阳兄，他帮我回忆起这本小说叫《战虹南》)。另一类小说，是反映江南地区新四军游击队抗日的故事，至今回忆起来，似有些纪实性质，这类小说里，我第一次知道了“绵里针”的意思。

父亲那个时候还有手抄本，关于小舰队的，父亲抄过，但我没能看全，因为父亲藏得严实，虽然林彪父子已经归西，但这个手抄本，当年若是流传出去，可是麻烦事。

还有《第二次握手》，不过，我没看懂，只是觉得奇怪，大人们怎么看这书，神神秘秘的。

不过，到了我小学毕业上初中，那个时候跟父亲一起读的书就多了。

那一个阶段，印象最深的，也有两类，一类是现代小说，比如《刑警队长》，我至今犹为书中女主角和刑警队长错过感到遗憾；也为《东方》中郭祥和杨雪错过遗憾。还有一部叫《魂兮归来》，讲的是四五运动前后的大学生故事，其中还记得那个辅导员叫叶啸。当然那个年代流行的小说，父亲看过的，我也大致都草草翻过。

另一类是传统的公案小说，《三侠五义》《续小五义》等，都是托父亲的福，我也得以在那个年代读完，以至于跟同龄人谈南侠北侠五鼠闹东京时，常有自得。当然还有《水浒传》等，我上小学时就被要求背毛主席关于《水浒传》的点评，但小说却是上了初中才读到。

"文革"之后，人民公社解体，家境渐好，社会上的刊物也越来越多，父亲也借阅了一些江苏出版的刊物，我也跟着翻看了不少。

上了中学之后，我和父亲已经开始公开互换各自阅读的书籍，父亲不仅从同村族兄处借书，还从镇上的文化馆借书，我则从学校借书借杂志。

那个阶段，比较漫长，一直延续到我上大学期间，我们父子俩共享的图书，最多的是各种武侠小说，从梁羽生、金庸、古龙，到还珠楼主等。

另一类重点是20世纪80年代以来各种小说，比如《冬天里的春天》《将军吟》《李自成》《黄河东流去》《上海的早晨》《子夜》《家》《三家巷》《晋阳秋》《满山红》《山菊花》《苦菜花》《迎春花》《林海雪原》《花园街五号》《蓝屋》《敦厚的诈骗犯》等。还有比如严歌苓的《绿血》、李存葆的《山中那十九座坟茔》，以及那个年代流行的短篇小说选、中篇小说选及各种杂志。

那个时候，寒暑假空闲时，父亲和我，常常各自拿着一本书，各据一角，各自翻看，而祖母，总是忍不住嗔怪父亲，“这么用功，难道要像大儿子一样考大学吗”？

父亲读书的爱好，三个儿子只遗传给了我一个人。大弟和早夭的小弟，都没有像我和父亲一样痴迷于小说，尤其是大弟，一点都不喜欢读书。

也就是在20世纪80年代，尤其是我上高中开始，我与父亲的阅读开始出现分野。除了与父亲共享的小说外，我也有了自己的阅读，比如像《永远的尹雪艳》《克莱默夫妇》之类的小说。

这个分野出现后，父亲依然守着自己的兴趣，比如武侠小说，比如战争小说，一些他听说过的人的回忆录。他老人家来北京的时候，我给他找的也是这些书。但是，他越来越惊讶于我的阅读，他已经无力理解我的世界。就像今年春节回家，父亲是以极其惶惑的眼光，翻看我带回家的《历史笔记》。但他只是跟我说，相信自己的儿子。就像当年我偷偷翻看他的书，他明明知道，也没有阻止我。他从来没有因为我偷偷读那些杂书责怪过我一句，除了我高一时自习课透过课桌的窟窿看小说，被老师逮住，告状到父亲那儿那次。

我自己出版两本《江南旧闻录》后送给了父亲。父亲读了，只是笑笑，跟我说，这都能出书啊。其实父亲知道，这两本书里，每一篇文章，他老人家都是隐身于后的主角。

如今每年春节，父亲和我，照例会并列坐在挡风的阳台下，沐着冬日暖阳，各自沉醉于自己喜欢的书的世界中。

为什么我们必须相信读书依然改变命运

据新华社的报道说，近些年每年高考弃考人数以十万递增，其中农村孩子占了绝大多数。

作为从农村通过高考上大学改变了命运的人，我内心被这篇报道刺痛了。

这样的现实背后，是许多人认为读书不再改变命运。于是，“读书无用论”在一些人群尤其是农村家庭里沉渣泛起。虽然声音很边缘，但很刺耳。这声音与弃考弃学转而直接打工做生意的青少年越来越多、高校来自农村等普通家庭下层家庭的学生越来越少等现实结合，已经成为这个时代的痛，却被漠然置之。

细细梳理这一流变，我们会发现几个方面的原因造成了此种局面，让读书受教育蒙尘。

一是高等教育的沉沦。在教育产业化的狂飙突进中，高等教育被功利主义价值观主导，学校既不能培养学生健全的人格，现代知识的教育也很欠缺，越来越多的老师形同商人，越来越多的学生混日子混学位，情况非常严重。

二是中国社会经济发展内部循环的封闭性传统，资源集中于大城市大企业，社会甚至通过制度性歧视，影响了民企和其他社会力量的发展，制造了新的社会不平等，也造成了新就业机会增速相对不够。在高校扩招毕业生出来后，发现社会上升通道已被堵塞，现实生活中，关系和社会资源常常超越了学识修养，成为主导性力量。

三是近些年改革甚少惠及农村及普通家庭，高校及大城市生活费用大幅提高，一些家庭难以支撑，只得选择放弃继续接受教育。当然，传统的就业观念，使得人们对考上大学后的就业有过高期待，也加剧了这一冲突。

单个家庭或个人基于经济理性，选择放弃继续接受高等教育的机会，这是一种个体选择，外人可以扼腕叹息，却无权置喙。但是，当类似选择成为一群人、一类人不得不进行的普遍选择时，毫无疑问，这是社会出了问题。除了检讨当事人个人原因之外，社会更应检讨我们时代的教育问题、社会阶层固化的问题。如果问题得不到疏通解决，社会早晚难免会陷入一种可怕的阶层分峙直至对抗。

虽然常常有人用没有读书也能成功的例子来说事，但毕竟没有读书达致成功的那种现象，过去是，现在也是，未来仍将是属于个案，很难复制。其于个人而言，除了励志，毫无价值。即使从功利主义角度看，一个受过良好教育的普通人，在相对稳定的社会中，获得相对的成功，仍然是一个大概率事件。相比之下，没有受过良好教育的人获得成功，仍然是小概率事件。

从个人成长看，受过教育的人，其福祉（即使是因为读书有了思考的痛苦，也是一种福祉）是没有受过教育的人无法理解和体会的。无论是个体对于新的世界追求的欲望，还是对于家庭，乃至对于整个社会成长的影响，都绝不是用数字财富可以简单换算的。

相信读书无用论的人，绝大多数将会永远吟唱一曲“底层悲歌”，代代传递，无尽无止，与我们曾经被剥夺了享受更高教育的父辈一样，他们的见识视野，永远只限于依赖自己乘坐的交通工具所能抵达的地方，那是他们人生最终的边界。

受过教育却鼓吹读书无用论的精英人士，无一例外，都是德行败坏的无耻之徒。尽管圣人孔夫子教导我们有教无类，但普通人读书这种权利，曾经被政治剥夺，而且是在世界文明已经昌盛的时代被剥夺过。鼓吹读书无用论的人，实际上是披着现代外衣剥夺别人读书权利的另类表达，而骨子里是一日为奴，永生永世为奴的逻辑作祟。

于社会而言，如果“读书无用论”弥漫，受影响的不仅是那些当事人，更是我们这个时代社会的流动性和活力。历史已经给过中国深刻的教训，殷鉴不远。

“花费在教育上的钱是国家最明智和最合理的投资，要让这种普遍认识在全国得到很好的发展。”70 多年前的这句话，至今犹振聋发聩。

可以说，弃考弃学以及“读书无用论”及其背后的现实，已经成了我们时代的隐忧，且已病在腠理。所以，加速教育改革、社会改革，让社会从封闭走向开放，已是迫在眉睫。

虽然高等教育和社会流动性阻塞问题的解决不会一蹴而就，但是，社会开放和技术进步在一定程度上弥补了高等教育的缺陷，接受教育，也是接触外部世界经验教训的捷径，其后发的力量，是短期的、即期的功利盘算难以想象的。读书受教育所能带给你的世界，既不仅是交通工具能将你带往的远处，更不仅是书本和受教育程度所能带给你的世界，它会更远、更大，以至于可以抵达自己都不曾想象的未来，它永远在远方之外，而且是永远难以抗拒的诱惑。

二十多年前，读书改变了我的命运。今天，我依然相信，读书会改变年轻一代的命运，让他们触摸到全新的而不是认命的世界。不仅改变自己的命运，也改变社会的命运。

最艰难的路依然要走

7月6日，是诺贝尔文学奖得主瑞典作家海顿斯坦的诞辰。

关于海顿斯坦，我对他的生平往事了解并不多。

根据度娘和其他文献的介绍，他的作品“主要描述瑞典人的生活，富有爱国热情”，“1916年为‘表扬他在戏剧艺术领域中丰硕、多样而有出色成就’而授予他诺贝尔文学奖”。

我没读过他多少作品。除了燕山出版社宋兆霖、高莽主编的那本《诺贝尔文学奖全集》里收录的，以及在网上搜索到的他有限的一些作品。但读过的，我大都喜欢。他获颁诺贝尔文学奖的“戏剧艺术领域”的著作，我是一部也没读过，但这并不影响我喜欢他的其他作品。

因为抄诗的关系，我读过的海顿斯坦的有限作品，主要集中在他的诗歌。

海顿斯坦是一位出色的诗人。我读过的他的诗歌，既有石琴娥、雷抒雁合译的，也有雨林等人翻译的。

我读过的海顿斯坦的诗歌，一些爱国爱家乡的激情充盈。但我过了特别喜欢激情的诗歌的年龄，平生幻望之心逐渐洗净，所以更喜欢他的其他诗歌作品，主要是后期的，因为它们质朴、宁静、内省、坚定。

这两年，我尤其喜欢海顿斯坦的两首诗，一首是《最艰难的路》，一首是《我的生命》。

你紧紧压住我，黑暗的手，
沉重地在我的头上停留。
可我要勇敢地给自己带上花冠，
我发誓要挺住，绝不悲愁。
明媚春光中鸟禽的哀鸣，
不同于老人苦闷的担忧。
我周围云集着寒凉的阴影，
最艰难的道路依然要走。

——《最艰难的路》

继续悄悄地走下去吧，我的生命！
我不愿把你摆进橱窗展览，
让你碌碌无为地浪费宝贵时光。
我从不说："来呀，快来握握这位大师的手，
是它引得如此神奇美丽的花儿怒放！"

当我被可信的朋友背弃，
当厄运落到我的头上，
我没有端起盛满泪水的银杯，
对过往的行人诉说：
“啊，请搂住我的脖子，哭吧，
可怜可怜我，让我们一起痛哭一场！”

啊，在你广袤无边的天地里，
我最大的不幸不过是一小片阴云，
我要默默无声地走向我的墓地。

——《我的生命》

这两首诗里都有一种彻悟和坚定在里边，这也是它们最吸引我的地方。

对于我这个年纪的人来说，过去一路走过，都相对比较顺利，因为我踏上社会的时候，社会逐渐正常化，变化的趋势合乎我们受过的教育和理性的预期，我成了新生活和进步的信徒。但在这一过程，束缚的松绑、视野的拓展，让我更明白相对趋势的宏大叙事，保持个体的精神自由和独立的意义，不再一味逐新逐进步。新并不代表自己一定要追随，虽千万人吾亦可以不往矣。

如今天命之年赶上新的变化，也算是一种补课。想想，人要经历应该经历的所有，平庸、苦难、幸福，才可能算是真正的人生，才会有黑格尔所言的老年人的广袤性。在中国的语境中，知天命是一种顺应天道的悟境，这与古希腊英雄和莎士比亚笔下的悲剧人物都不一样。古希腊英雄和莎士比亚笔下悲剧人物，都要与命运相抗争，而且这种抗争总是不可避免的，且结局总是不可避免的悲剧。

但是，既然已知天命，自然有自己的判断和选择，这个自己的判断和选择也是天命。这个天命的核心，就是不会再允许别人——无论是世俗的威权，还是主宰命运的宙斯上帝老天——替自己做主选择。

所以，一旦走上自己选择的路，这将是一条艰难的路。孤独、不安，甚至生存，都会成为余生的挣扎。但是，就像海顿斯坦说的，无论心存多少苦闷担忧，无论云集多少寒凉的阴影，最艰难的路依然要走。这也是天命。

是的，最艰难的路依然要走。

普通人的中国，活的中国

这里，犹如以巨眼俯瞰它的平原河流，峻岭幽谷，可以看到活的中国的心脏和头脑，偶尔甚至能够窥见它的灵魂。

——斯诺

在我的书架上，有一本书，早已经卷边，棱角地方也磨破了。

这是一本小说选，名为《活的中国》，编辑者是斯诺，大名鼎鼎的埃德加·斯诺。这本书，由斯诺编译，向西方介绍中国的现代小说选辑，最初的建议来自鲁迅先生。斯诺在燕京大学的学生萧乾和萧乾的朋友杨刚，一起帮助斯诺完成了这一工作。

小说选辑了鲁迅的《药》和《孔乙己》、柔石的《为奴隶的母亲》，茅盾的《自杀》《泥泞》，丁玲的《水》《消息》，巴金的《狗》，沈从文的《柏子》，孙席珍的《阿娥》，田军（即萧军）的《大连丸上》，林语堂的《忆狗肉将军》，郁达夫的《茑萝行》，张天翼的《移行》，郭沫若的《十字架》，沙汀的《法律外的航线》等。

这本书里的大多数作品，今天的读者，大半不会再去阅读它了。虽然，这些小说当年都是最好的文学作品。其中柔石的《为奴隶的母亲》，后来似乎还被改编拍了电影。

斯诺自己也说过："作为艺术，这本小书可能没有什么意义，但是，它是中国文学中抗争和同情的现代精神日益增长的重要表征，是要求最广泛规模的社会公正的重要表征，在中国文学发展史上，它第一次确认了'普通人'的重要性。"

是的，它确认了普通人的重要性。这就是斯诺的视角。

1983 年，在萧乾先生的鼓励和出版界朋友的努力下，这本书的中文版终于在中国出版发行了。

我手边的这本，就是 1983 年湖南人民出版社出版的中文版《活的中国》。

在经过十里河桥下的时候，我曾跟我《中国周刊》的年轻同事，提到了《活的中国》这本书。我以为，如果系列写一些类似"十里河桥下的中国"之类的文章，应该是观察中国的好视角，这里也是"活的中国"，是普通人的中国。

但正儿八经写这样的文章，恐怕我也做不到。

但这并不妨碍我作为一个观察者、一个记录者，从宏大叙事到身边的蔓延枝节，做些小记录。当然，我个人更适合于记录那些亲历的事情。

也许，日积月累之后，我的孩子，从这些散乱且无逻辑的记录中，也能读出一个活生生的中国来。

这个中国，也许并不存在于正史和媒体之中，也不会在外国图书馆。

它就是那些琐碎的小事小人物，他们的语言行为，以及他们背后所象征的时代和社会，但它是鲜活的，不是空洞的理论演绎和说教。

这里，犹如以巨眼俯瞰它的平原河流，峻岭幽谷，可以看到活的中国的心脏和头脑，偶尔甚至能够窥见它的灵魂。

今夜，翻阅着这本破旧了的书，我想盗用斯诺先生的书名，作为我记录的栏目的名字，既是由于这个名字是如此贴切；也是想以此向那些活的灵魂表达一个后辈的敬意。哪怕我未来记录的那些，可能过于鸡零狗碎，会被人视为玷污了前辈风范。

补记：本文写于2010年3月19日午夜，酒酣耳热、唇焦舌燥难以入眠，翻这本旧书时，突然想在新浪自己的博客里开个栏目，就叫“活的中国”，这算是当时的开栏宣言。惜后来未有坚持。但是这些年我所写的各类文章，大体都是活的中国的记录。在这里，偶尔也能看见时代的美丑，以及它的灵魂。

陪我穿越黑暗的流星

自 2013 年我在困顿中开始重新拿起笔，开始通过手指与笔、与纸张交互的沙沙摩擦，在他人或美妙或悲伤或欢愉的有韵律的文字世界里，逐渐体悟到了别样的宁静和激动之后，抄读诗书成了我的日常生活，一种生活方式。

每天晚上睡觉前，以及每天早上起床第一件事，就是摆开纸笔。抄读诗歌成为了一种习惯。我名之为“晚课”“晨课”，是日课。而且，如果有一天没有完成，总觉得生活中缺了些什么。

缺了什么？没抄诗，日课没做啊。所以，总得在后面补上。

2014 年新年开始的时候，我对我新年的抄诗目标做了承诺，希望能抄到 700 首诗。到年底盘点，这个承诺的任务，我不仅做到了，而且是超额完成。

2014 年的抄诗，我整整坚持了一年，无论在北京，还是在行脚途中，无论是清醒，还是醉酒，我都不曾放弃。除了今晚的晚课尚未做，全年抄诗应该有近千首吧。除了开年头几个月一天早晚各抄一首，后来变成了一天抄三首。

这一年里，晚课我依然集中在中国古典诗词里。我开始抄第二遍《诗经》，抄完了《楚辞》，抄完了《古诗十九首》，又开始系统抄《乐府诗集》。

一年抄下来，键盘手开始重新灵巧起来，自己的字开始变得好看起来了。这多少还是让我有些自得。

一个偶然的机会，让我开始在新浪微博上发起了“和朱学东一起抄诗吧”的活动，如今跟着我一起抄读诗词的朋友越来越多，从学生到年长者，各行各业都有，俨然成了一个小运动。

一位我尊敬的大姐曾经跟我说，你抄我读，你选的诗很好。一位年轻的美女，也是我大学学妹，通过我的朋友转达她的谢意：每天晚上休息前，读我抄的诗已经成为习惯。

吾道不孤。

这也让我相信，蝴蝶的翅膀的力量。

与晚上两首古诗是依例而抄不同，每天早课的晨抄，那些中国现代诗歌和国外的诗歌，几乎每首都是我精心挑选的。

《毛诗大序》云："诗者，志之所之也。在心为志，发言为诗。"

所以，挑选早课诗歌的原则，首要是应景应情，合乎我当时的心情感觉。抄写的过程其实很简单、迅捷，毕竟我算快手。但选择的过程常常颇费功夫，挑选的那些诗，要对我的心。这是由情感决定的。

当然，技术上说，选诗还需要大致能在一页纸里抄完，所以篇幅也是考量的重要技术因素。

比较特别的是，2014 年，我抄阿赫玛托娃的长诗《安魂曲》抄了三遍，虽然抄读时恭敬也很用心，但觉得抄得都不是特别满意。我想在新的一年里，再继续抄，直到我满意。

这些精心挑选的诗歌，其实是对自己精神世界的一种涵养。我曾经说过，抄诗是一种灵魂的自我秘戏。

一年抄下来，虽说没觉得腹有诗书气自华，但还是感觉自己的精神世界已经与过去又有了不同，宽容了许多，争名逐利之心又弱了许多，内心又平静淡然了许多。

生活中充满了自得的乐趣，抄读诗书便是其一。又何须在蜗牛角上争雌雄！

但这并不因此而让灵犀迷失方向，削弱自己内心的情感和勇气。

我所喜欢的阿赫玛托娃有首短诗《致诗歌》，特别好地表达了我的这种情感，尽管我不会写诗，但我愿借用这首诗来表达我对诗歌的热爱：

你领我去向无路之地，
穿过黑暗像一颗陨星。
你是苦难和错误的信仰，
但却不是安慰——绝不。

诗歌是苦难和错误的信仰，但却不是安慰，绝不。

是的。所以，有时朋友跟我聊起为什么不抄经——好像抄经很流行尤其抄《心经》，我也曾抄过四遍《心经》，但很快不再抄经。关于这个问题，我用阿娃的这首诗来回答。

我愿意生活在世俗的生活里，有自己的精神和情感。

因为我们是人类的一分子，我们充满激情，诗歌美妙的文字里呈现的那些美好的情感，悲伤的命运，欢愉的生活，等等，这是我们活着的意义。

这一年，感谢有那些美妙的诗歌相伴，感谢那些笔，那些纸张。

这种感觉，敲击键盘是永远体会不到的，他人恐怕也是永远感受不到的。

抄诗，灵魂的自我秘戏

2016年，我继续坚持每天抄诗。

是的，每天。

正常情况下，每天都有早课晚课，偶尔喝多了，晚课也会放弃。

每天的早课，依然坚持选择外国诗歌或少量中国现代诗歌，叶芝、阿赫玛托娃、希尼、默温、阿多尼斯、马克·斯特兰德、里尔克、丘特切夫等，内容调性偏蓝调，我喜欢略带忧郁哀伤的谣曲，因为这个时代，总体的氛围让人压抑，所以，蓝调是我的选择，每天选的诗，大致还与自己的心态有关。除了蓝调的调性外，我选诗时，也会注意诗的长短，以一页纸能抄完为要，毕竟每天早上时间有限。其实，每天我花在选诗上的时间，远远超过抄诗的时间。

晚课大致以中国古代诗词为主，《全唐诗》《宋词》、黄仲则的《两当轩集》《诗经》等。其中《诗经》已是第三遍，而且第一次开始用小楷抄，从手捏不住笔颤抖得惨不忍睹，到如今虽然字不好看却已经渐渐熟悉了笔性，也算是不错的进步——毕竟写秃了一支小楷。

开无聊会时，我会在会场抄诗，肖斯塔科维奇和蓝英年老师都告诉我，这叫会议缪斯，我学会了；值夜班时，我在办公室也会忙里偷空抄诗。故乡一位妹妹，因为实在忍受不了看我用签字笔抄诗，给我寄了一支钢笔来，办公室晚课，都是用这支笔抄的。

早课晚课截然不同的风格，用我的话来说，那是为了中和自己，免得倒向一边。其实这让我收获极大。

另一个收获大的，是用笔写字。虽然很多朋友规劝我要临帖，但是，我的想法却与他们的建议不同。这一点，也有大收获。

中国人说，腹有诗书气自华。布罗茨基说，诗人是最难被征服战胜的。我不是诗人，但天天与这些伟大的诗人为伍，也难免会沾染难以征服的华气。这是我个人这些年抄诗最大的收获。

2016年，我抄的诗歌，大概不下一千首吧，常常一天抄五首诗，能没有收获吗？

今天与大家分享的这篇文章，是2014年元旦期间对2013年抄诗心得的总结。2013年我刚刚重新开始拿笔抄诗，今天读来，其实没有一点过时的。

——题记

许多人好奇地问我，为什么抄诗？

我在2014年元旦的新年目标中，特别要求自己在新年能够坚持抄读不低于700首诗歌。

2013年8月开始，我自己在日记中记录下了对自己的新要求：每周晚上抄诗，不低于四次，从《诗经》开始。

事实上，当我从9月初开始抄写《诗经》后，这个记录不仅保持了，而且更严格了。每天晚上我都抄读《诗经》一首，无论出差在外，还是酒醉之后。

后来周末休息时，我白天在家，又零碎抄读了一些现代诗和外国诗歌，年底也渐渐发展成为每天早上抄读一首外国诗或现代诗。

晨抄晚课，如今已经成为我每天生活的一种习惯。

我上大学的时候就喜欢抄诗。那个年代的年轻人中抄过诗的不少，许多人还用抄诗来表达浪漫追求，不过，我那个时候，纯粹是为了阅读和显摆自己还算不错的字。大学毕业之后，我还在抄字，不过，抄诗渐渐淡出了自己的生活。

岁月流逝，电脑进入了我们的日常生活，我吭哧啊哈也没有学会五笔字型输入法，只好用汉语拼音输入。那个时候，我也没有再抄诗，只会用笔写公文，然后由专门的打字员帮着打字。如今我的拼音输入法打字速度也是惊人的。

技术的进步，让我们获取文献比过去便利了不少，比如搜索功能。过去读书时做读书卡读书笔记的习惯没有了，过去背诵一些段落的习惯消失了。

与之一起消失的，还有我们老派阅读和摘录习惯培养的某种对灵魂的训练，只有笔和诵读才能养成，才能让自己遭遇那些书中的伟大灵魂。

如今自己敲击键盘时，全凭记忆中依稀的印象，我们能够找回那些需要引用的文献诗歌，却再也不会去诵读去摘录。

但是，在自己渐渐成了键盘手的同时，与原来的阅读和摘录习惯共生的灵魂的秘戏，也消失得无影无踪了。

我们有了速度，却失去了应该沉淀的底子，就像墙上芦苇，头重脚轻根底浅。越来越表面化，越来越浮躁。

某一天晚上，我突然看见书桌上笔筒里满满的一把笔，顺手抄起一根，在纸上一写，写不出；换一根，还是写不出；再换一根……全部干涸了。

我突然莫名地惊恐起来，找出了书架上的《全唐诗》，决定在忙乱繁杂的工作之余开始抄读。

彼时我的想法很简单，每天晚上抄读一首，但求不要连笔，不必在乎字写得是否好看。

我的想法，是通过不连笔的抄读，让浮躁的心平静下来，同时渐渐进入诗中的世界。

初捏住笔的时候，手指已经僵硬，写起来磕磕绊绊，字也歪瓜裂枣似的，难看得很，就像小学生写的。

我哀叹，键盘毁了曾经的一手好字。因为这些难看的字，我又失去了耐心，抄《全唐诗》成了有一搭没一搭的了。

2013年下半年，我对这几年自己的人生和所做的事情开始了全面且深刻的反省，以从未有过的刀，剖开自己，看到了自己的失败和恐惧，看到了自己所失去的生活。

我明白，我得沉下来。于是，我从《诗经》开始，强制自己抄读，最初的要求也是不连笔。每天，我也把结果呈现于我的朋友，不为别的，是希望外在的监督，能让自己坚持得更好。

渐渐地，字从最初的难看变得顺眼起来，而抄诗也从自我强迫变成了一种自我享受的游戏。

在每天晚上的自我抄读之后，每天早上，我也主动开始了新的抄读。与晚上抄读古诗词不一样，我每天早上抄的是外国诗词或现代诗词，这也是一种纵横的平衡，我希望不同的世界在我的心里有交汇。

在这样的抄读生活中，我不仅让字体逐渐往过去的水平靠拢，也让自己的心灵渐渐宁静下来——须知，2013年的下半年，是我人生最痛苦纠结的半年，也是早生华发最多的半年，但是，让我宁静下来的，就是抄读诗词。

同时，通过抄读古诗及现代诗，我再一次忘乎所以地进入了他人的世界，在那些或美妙或悲伤或欢愉的文字里，徜徉流连，看如画风景，看跌宕人生，与之共悲欢。

在手指与笔的交互中，在笔尖与纸张的摩擦中，在沙沙的声音中，这个旧世界，曾经许我以过去，如今，它重新许我以现在，也必将许我以将来。

这种感觉，敲击键盘是永远体会不到的，他人恐怕也是永远感受不到的。

以赛亚·伯林说，浪漫主义是灵魂自我游戏时秘不可述的欢愉，尽管伯林阐述的是政治上的浪漫主义。于我而言，抄读诗词才是灵魂自我游戏时秘不可述的欢愉。

书是读书人最好的情人

公元 270 年 2 月 14 日，基督教神父瓦伦丁被罗马帝国皇帝克劳狄乌斯处死，2 月 14 日后来被称为“情人节”。

因为历史宗教文化传统不一样，情人节与所有西方的其他节日一样，传到中国，都演化为及时行乐、戏谑喧嚣、购物邀宴的日子，为放纵、放松平添了许多借口以及乐趣。当然，也不排除真有罗曼蒂克在其中。

至少，这是春天里的一天，春意萌动，也是自然规律。

但我这个古板的胖子，向来与这些无涉。

比如今天凌晨 1 点，我还在书房电脑前吭哧吭哧写商业计划书，一点都没有浪漫的感觉。

早上 7 点起来，睡眼蒙眬，跟刚从美国回来的女儿打招呼，她昨晚回来的，不过我回家时她已睡了，昨晚没见着。然后冲个澡，清醒一下，吃完早饭，抄了欧阳修的《浪淘沙》，这首词是大学一位女同学指定我抄的：

把酒祝东风，且共从容。
垂杨紫陌洛城东。
总是当时携手处，游遍芳丛。

聚散苦匆匆，此恨无穷。
今年花胜去年红。
可惜明年花更好，知与谁同？

词是好词，倒也颇合今天一些人的情趣，很像欧阳老为今天的日子写的。因为最近休息不太好，早上就权当把这首词充了今日晨课。对于读书人而言，诗书自然是读书人的情人，书中自有颜如玉嘛。

所以，我这个绝对的风情杀手，在书桌上找了本雷蒙·阿隆的《知识分子的鸦片》，拍了封面作配图，发了条情人节的微信和微博：

书，是读书人最好的情人，也是能够相伴到人生尽头的情人。谁说不是呢？

如果打算爱一个人，你要想清楚，是否愿意为了他，放弃如上帝般自由的心灵，从此心甘情愿有了羁绊。

现实的情爱虽然能够滋润你，但它要你缴枪。就像菲茨杰拉德在《了不起的盖茨比》中说的，“自由的心灵从此有了心甘情愿的羁绊”。

但书这个情人却不同，它是让你获得自由的翅膀，是通向自由的桥梁。它默默陪伴你，从青涩到壮年，到年老色衰，都不离不弃。若你离弃它，它也不置一词，只是默默退守一角，无怨无悔。

就像我，一个懵懂的江南乡野少年，今天的便便大腹里，不少都是书给的滋养，从来不在乎任何外貌协会的指指点点。腹有诗书气自华。

而更大的滋养，是人格和精神上的，那是自我的觉醒，人格的健全，是行走于人世间哪怕黑暗里拥有的自治的精神和属于自己的灵魂。这些都是在阅读那些经典的伟大作品，是在书中与那些伟大的灵魂相遇、倾听和互致问候的结果。就像布罗茨基说的，一个阅读诗歌的人是最难被征服的。套用他的话就是，一个能够自由阅读的人，是最难被征服的。

中午开完会，匆匆在网上给自己买了几本书，几本无用之书，这些书不会带来商业价值，但是，这里边带着自我期许，带着自我馈赠，带着一种他人难以理解的精神享受：

1. 托尼·朱特：《战后欧洲史》。

这是当代著名的战后欧洲史学者托尼·朱特最主要的作品。去年以来读了托尼不少作品，《责任的重负》《未竟的往昔》《记忆小站》《沉疴遍地》《思虑20世纪》，觉得这个独特的局内的局外人、局外的局内人颇对自己的胃口，于是下单了他最重要的学术著作。

集中阅读一个人的著作，来自于大江健三郎的阅读经验，颇受益。

2. 雷蒙·阿隆：

《历史讲演录》；

《托克维尔与民主精神》；

《想象的马克思主义：从一个神圣家族到另一个神圣家族》；

《历史意识的纬度》；

《介入的旁观者：雷蒙·阿隆访谈录》；

《论自由》。

雷蒙·阿隆是杰出的法国学者，相对于他鼎鼎大名的同学萨特，他通常被视为右翼，但托尼·朱特在《思虑20世纪》的对话中，认为他本质上也是个左翼。我很喜欢他。前两天翻出他的《知识分子的鸦片》，原本想重读一遍的，又放下了。没买到他的自传，有些遗憾。以后想法再补。

3. 安·兰德：

《阿特拉斯耸耸肩》；

《源泉》；

《浪漫主义宣言》；

《谁需要哲学》。

我以前并不知道安·兰德是何方神圣，原谅我的孤陋寡闻。小猪告诉过我她的作品不错，建议我有机会读读。前两天老板问我读没读过《阿特拉斯耸耸肩》，我耸耸肩，表示惭愧和遗憾，没读过，听说过。老板说，你应该读读安·兰德。前两天小猪跟我讨论问题时，告诉我，不要把世界拱手让给你所鄙夷的人，就是她的话。好吧，既然大小老板都向我推荐了，于是下单想看看她到底在讲什么。

4. 彼得·盖伊：《启蒙时代》（上下）。

小猪同学向我推荐的。

书是读书人最好的情人。还用说吗？2月14日，我就买了这些书。要是有人能够找到《五十年的政治反思：雷蒙·阿隆回忆录》送我，那就完美了。

这个时代，书是最奢侈的礼物。它是冲破思想桎梏的能量。

我们一起读书吧。

每一首美丽的诗歌，都是抵抗

3月21日，世界诗歌日。

2014年3月21日下午，我在央广做节目，原来准备的内容更换，临时要找选题救场。我突然想起当天是世界诗歌日，就谈谈诗歌吧，编辑同意后，我用结结巴巴带着浓重常州口音的普通话，现场朗诵了我喜爱的诗人阿赫玛托娃的一首短诗，也是我特别喜欢的一首短诗，每年都会抄的那首《致诗歌》：

你领我去向无路之地，
穿过黑暗像一颗陨星。
你是苦难和错误的信仰，
但绝不是安慰——绝不。

安慰无法让阿赫玛托娃度过亲人或被枪毙或被捕的残酷的时代，也无法让她扛住“婊子”的政治谩骂，只有源自内心的信仰，才能保持尊严度过那个黑暗的时代。所以，阿赫玛托娃说，诗歌绝不是苦难的安慰，而是穿过暗夜的流星，是无路之地的引路者，是苦难和错误的信仰。

世界已无更多的奇迹。不要打破
我的心灵、诗歌，
但是还是存在：你是这最后一个。

——阿赫玛托娃：《现在无人愿意听诗歌》

不仅对于阿赫玛托娃，对于那些热爱她的诗歌、悄悄背诵她的诗歌以及其他热爱诗歌的人来说也是一样的。

“在大概类似的情况下，我们古老的祖先将手中的诗琴束之高阁并且说，他们在被奴役时不唱歌。”一位古拉格受难者说。但事实是，一些在古拉格的人们依然默默写诗背诗歌唱、唱咏叹调、做体操。正是这些内心的自治，让他们保持了精神的尊严，没有轻易倒下，支撑他们度过了古拉格的漫漫黑夜而没有发疯死掉。以上是阿普尔鲍姆在其《古拉格：一部历史》中提到的。

事实上，《古拉格：一部历史》中，记录了许多古拉格囚犯创作的诗歌，许多篇章都是以这些诗歌开头的。这种信仰，与阿赫玛托娃诗歌中表达的，存在着内在的亲缘关系。

其实，这种信念，正是诗歌的一个最为重要的意义所在。

正如布罗茨基在诺贝尔文学奖受奖词中所说：“一个阅读诗歌的人，要比一个不读诗歌的人更难被战胜。”伟大的诗人常常与时代格格不入。因为

“一个人的诗读得越多，他就越难容忍各种各样的冗长，无论是在政治或哲学话语中，还是在历史、社会学科或小说艺术中。”

“他们并非某些具体的非正义的反对者，而是整个世界秩序的反抗者，确切说是不赞成者。”

布罗茨基在《文明的孩子》一书中提出：“诗人惹出了麻烦，往往并不是由于他的政治，而在于他语言上的优越感。诗歌是一种语言叛逆的形式，它所怀疑的对象远远不止某一具体的政治制度：它对整个存在制度提出疑问。它的敌人也是成比例地增多的。”

所以，极权时代，诗人的命运通常很悲惨。白银时代的天才诗人曼德尔施塔姆被流放，且死于流放之地；阿赫玛托娃的第一任丈夫著名诗人古米廖夫被枪毙，她自己的诗歌无法公开发表，靠热爱她诗歌的朋友们口耳相传，以最古老的形式传播；帕斯捷尔纳克靠翻译生活；布罗茨基因为写诗，被苏维埃法庭作为“寄生虫”以不劳而获罪判处5年徒刑流放，后来又被驱逐出境……

每一首美丽的诗歌，都是抵抗。爱伦堡曾经说，音乐有一个巨大的优点，它能不提任何事情，却道出一切。诗歌也是。洛尔迦则说，诗歌是不可能造就的可能，和音乐一样，它是看不见欲望的可见的记录，是灵魂的神秘造就的肉体，是一个艺术家所爱过的一切的悲哀遗物。

不妨再读几首诗：

园中的苹果被摘掉，

母亲的孩子被逮走，

但歌声摘不掉，

歌声逮不走。

长歌当哭解忧愁。

——勃洛克：《园中的苹果被摘掉》

第二首来自帕斯捷尔纳克：

美好心愿铺成地狱。

停住目光，凝神思量，

倘若诗歌也用心愿铺砌，

一切罪恶必得宽恕。

——帕斯捷尔纳克：《崇高的疾病》

第三首来自达维什：

你的言语……曾是一首歌谣

我试图唱出

可是苦难封锁了春天的唇

你的言语，像燕子，飞出我的家园

我们的家门、我们秋日的台阶

也都随你迁徙，前往思念想去的方向

……

我们把这歌种入吉他的胸腔

自我们灾难的顶层

我们把它弹奏给破损的星月……和石块

可我已忘了……忘了……你这未知的声音啊：
锈蚀了吉他的，究竟是你的离去……还是我的沉默？
——达维什：《来自巴勒斯坦的情人》（节选）

当然，诗歌不仅仅是抵抗，还有美好的生活和向往。我们读那些纵情山水，读那些歌唱美好生活和人世间情感的诗，也是一种建设。比如：

结庐在人境，而无车马喧。
问君何能尔？心远地自偏。
采菊东篱下，悠然见南山。
山气日夕佳，飞鸟相与还。
此中有真意，欲辨已忘言。
——陶渊明：《饮酒·其五》

比如：

去什么地方呢？这么晚了，
美丽的火车，孤独的火车？
凄苦是你汽笛的声音，
令人记起了很多事情。

为什么我不该挥手舞手巾呢？
乘客多少都跟我有亲。
去吧，但愿你一路平安，
桥都坚固，隧道都光明。
——塔朗吉：《火车》

因此，对于诗歌的理解，绝非今天商业策划的一场背诵比赛秀那么简单。我们这个时代，强大的物质和工具虚拟乃至真实构建了一套贬低生命的价值体系，并奉为圭臬。而诗歌，是功利主义最大的抵抗者。

《死亡诗社》里基廷老师教导过我们：

> 我们读诗、写诗并不是因为它们好玩，而是因为我们是人类的一分子，而人类是充满激情的。没错，医学、法律、商业、工程，这些都是崇高的追求，足以支撑人的一生。但诗歌、美丽、浪漫、爱情，这些才是我们活着的意义。

这才是我们活着的意义。感谢那些诗词中相遇的世界，相遇的灵魂，以及那些独特的审美趣味。

叶芝：在严寒的冬天消失了

1月28日，是爱尔兰诗人叶芝的忌日，1939年的1月28日，叶芝在法国曼顿的“快乐假日旅馆”逝世。墓志铭上刻着诗人晚年作品《在本布尔山下》的结尾：

冷眼一瞥

生与死

骑者

且前行！

叶芝是二十世纪最著名的诗人之一，是1923年诺贝尔文学奖得主，艾略特说他是“我们时代最伟大的诗人”。

叶芝在中国也广为人知，许多人翻译过他的作品。除了知识分子对叶芝诗歌的喜爱，他的诗《当你老了》因近年被改写谱曲，广为传唱，也被更多人所知。

我个人喜欢他许多诗，也曾手抄过他的许多诗作，我也特别喜欢他的《茵纳斯弗利岛》，大概跟我老之将至的心态有关：

我就要动身走了，去茵纳斯弗利岛，
搭起一个小屋子，筑起泥巴房；
支起九行芸豆架，一排蜜蜂巢，
独个儿住着，荫阴下听蜂群歌唱。
我就会得到安宁，它徐徐下降，
从朝露落到蟋蟀歌唱的地方；
午夜是一片闪亮，正午是一片紫光，
傍晚到处飞舞着红雀的翅膀。
我就要动身走了，因为我听到
那水声日日夜夜轻拍着湖滨；
不管我站在车行道或灰暗的人行道，
都在我心灵的深处听见这声音。

美国时间1939年1月29日，20世纪另一位伟大的英国诗人W.H.奥登乘船抵达纽约，从此开始了在美国的漫长生活。奥登年轻时曾经对叶芝很敬仰，但他说“只是偶然见过叶芝，并不特别喜欢他”，后来越来越讨厌叶芝，甚至不惜修改并抛弃自己的经典作品，只是因为反感叶芝。但有趣的是，奥登死后，在西敏寺诗人角奥登的纪念碑上，刻的是奥登《悼叶芝》这首诗里的名句：

在他的岁月的监狱里
教给自由人如何赞誉。

但奥登大概不想这样，可惜此时他已无能为力了。

无论奥登与叶芝的关系如何，都并不影响奥登在1939年2月完成的《悼叶芝》成为现代挽歌中的杰作。

1987年诺贝尔文学奖得主约瑟夫·布罗茨基，在纪念奥登的文章《取悦一个影子》里，提到奥登这首《悼叶芝》对自己的影响。

当时，因为写诗被苏维埃政府以“不劳而获”判处5年徒刑的布罗茨基正在寒冷的北方——一个隐没在沼泽和森林中、靠近北极的小村子里——服刑，他收到了朋友寄来的一本英语诗集，打开翻到的，恰好就是奥登的这首《悼叶芝》：

> 在读了《悼叶芝》之后，我知道我正在面对一位比叶芝或艾略特更谦逊的诗人，他拥有一颗比叶芝或艾略特都更不任性的灵魂，同时，其悲剧性恐怕一点不减。

我想，某种意义上，可以把《悼叶芝》视作奥登和布罗茨基两代伟大的诗人忘年交的开始。

巧合的是，约瑟夫·布罗茨基也是在1月28日去世的，那是在1996年。布罗茨基去世后，另一位爱尔兰著名诗人，1995年诺贝尔文学奖得主谢默斯·希尼模仿奥登的《悼叶芝》，也写了首诗悼念布罗茨基——题目就叫《仿奥登——纪念布罗茨基》。

《悼叶芝》也有不同的译本，我本人读得最多的是穆旦的译本。穆旦是现代中国最好的诗人之一，他曾翻译过不少奥登的诗，也翻译过奥登和衣修伍德抗战时来中国后写下的《战地行纪》和奥登的《中国组诗》。

今年的 1 月 28 日，正好是中国农历新年，一个喜庆的节日，因此，我提前把奥登的《悼叶芝》抄写了一遍，以纪念这几位伟大的诗人。

人性良善，阅读之基

孩子的阅读教育，对于我们这样的父母来说，自然是念兹在兹的。尤其是像我这样的人，出生乡村，幼时很难有正规阅读教育，一路走来，常有遗憾。自己有了孩子之后，自然希望能让孩子开始就能有良好的阅读基础，这既有望子成龙的期待，也暗合追偿之意。

一、爱上《汤姆叔叔的小屋》

我有孩子比较晚，自然比较宠爱。不过，在对孩子最初的阅读培养上，我也与大多数中国父母一样，总是从中国古诗开始打底。

我最初给她翻弄的，是中华书局 20 世纪 90 年代后期出版的《千家诗》选本，小薄册。彼时我在广州工作，丫头和太太在北京，小姑娘没有认真读，太太也没认真教，我也没有认真督促。

我一开始就在孩子的房间摆放了一个书架，书架上摆满了各种读物，从小孩常读的古诗词，到各种童话、图画书、关于动植物的图书，以及一些中外文学名著。其中一套全新的广州出版社出版的世界文学经典名著，是我蚂蚁搬家一样从广州带回北京的，这套书当时就摆放在了孩子的书架上。我跟太太说，这套书就送孩子做礼物，等她长大一些，慢慢阅读，读完这套书，会对她的人格和对世界的理解有很大帮助。“耳濡目染”，我一直相信这个词。

2008 年 11 月中旬，我回北京，太太告诉我，她现在每周晚上睡觉前，要抽时间给孩子读一段《汤姆叔叔的小屋》！

我很惊讶。当时丫头才 5 岁，我觉得她这个年纪听这个小说还太早，听不懂，应该给她朗读古诗词，让她跟着朗读就行。

我试图纠正太太的做法。太太笑着跟我说，还不是因为我在孩子房间书架上摆了这些书，她自己随手挑了一本，都不知道什么意思，就缠着太太读给她听，结果还很喜欢，每天睡觉前都惦记着要太太读给她听。

我确实很意外。这个年纪，她更应该听些童话故事之类啊。

尽管我在孩子书架上摆放了这套书，也希望她能有机会去读，但在内心深处，我并没有刻意指望孩子今后也会像我一样认真阅读这些经典作品。我一直认为，一代人有一代人的命运，在启蒙的时代，这些经典作品曾经对我及我的同辈、前辈们产生过深刻的影响，但现在生活方式以及许多方面都发生了颠覆性的变化，我们那种主要从图书中汲取养料被启蒙的方式，在今天也发生了变化。甚至，我想过，也许对于丫头这一代人而言，《战争与和平》《红楼梦》这样的作品，可能只会作为知识点出现在考试卷子上，或者他们只会通过影视作品知道这些经典名著的故事梗概。

但即便这样，我也并不悲观。每个时代启蒙都有自己的表现方式。没有了这些经典，他们会有《狮子王》《宝莲灯》等。通过这些，他们也能接受我们必须通过图书理解的价值观。

所以，当我听说丫头竟然每晚睡觉前要她妈妈读一段《汤姆叔叔的小屋》时，我的心里，真是有意外之惊喜。

一年之后的 8 月，彼时我已经回到了北京，当时我们父女俩曾经有过的一段关于《汤姆叔叔的小屋》的对话，主要是从孩子问我《汤姆叔叔的小屋》里主人公有哪些开始的。

我确实记不得了，结果孩子嘲笑我之后，扳着手指一个个数过去："我告诉您吧，除了汤姆叔叔，还有谢尔比，还有哈利、伊娃……还有奴隶贩子，哎，爸爸，什么是奴隶贩子？"

我很奇怪，快一年了，尽管《汤姆叔叔的小屋》还没读完，但孩子竟然兴致没减！

我在当天的日志里写下这样一段感慨："在一个浮躁而竞争残酷的现实世界里，读书是非常奢侈的，尤其是小说，更何况是老小说。也许她今后再也没有机会去读这些书了。不过，也好，这本书里，所描述的感伤的残酷的场面，以及闪耀的爱可以战胜奴役的内涵，也许会因此而埋藏在她心灵深处。"

二、不赞成过早读中国经典小说

正是丫头对《汤姆叔叔的小屋》的追捧，让我开始很认真地思考，如何引导孩子阅读经典小说的问题。

我后来在引导孩子阅读的时候，曾经希望陪她一起重读那些经典小说，惜我为稻粱谋在外奔波，常常不能坚持，于是只好退而求其次，引导她自己读。当然，我希望她读我在她书架上摆放的那些书。

孩子上小学后认字多了，自己开始在书架上挑书。有一次，她抽了本《少年维特之烦恼》，因为“少年”两个字吸引了她，我不建议她读，因为不太适合她。结果，有一次我出差回来，她满不在乎地跟我说，《少年维特之烦恼》她读完了，没什么嘛，不明白为什么我不让她读。

我有次推荐她读《麦田里的守望者》，她拿着书跑来问我：爸爸，您真的确定推荐我读这本书？您读过这本书吗？这本书里可全是逃学骂脏话的哦。

我告诉满脸疑惑的她，我读过，我书架上还有塞林格女儿写的回忆录呢。这本书刚面世的时候，美国的家长们都恼了，但是，哪个孩子成长过程没有经历过这样的反叛期？我小时候也经历过，不过没那么厉害。我们小时候，祖父母、父母都是我们的守望者，今天我们也是子女的守望者。

很多朋友奇怪，我几乎从来没有谈起跟孩子推荐阅读中国经典的四大名著。事实上，我的孩子只读过《西游记》，以及课本里选编的《红楼梦》和《水浒传》的段落。她甚至不喜欢读《水浒传》。

事实上，我一直反对在孩子未懂事之前过早让孩子读这几本中国的经典名著。前些年我在许多公开场合，表达过这个观点。很多人不同意我的观点。

我 个人认为中国的四大名著里，尽管对人性世事刻画得非常深刻，但是，反映的大多是人性不好甚至恶的一面，无论是《水浒传》《三国演义》还是《红楼梦》，到处充满着心机，缺少人性向善的东西，恶的东西太多，又没有与之抗衡的力量、与之抗衡的另外一面，小孩子不懂辨识，但记性却好，容易误入歧途。

现在整个社会的主流价值观还在为这种“英雄之恶”“有才之恶”叫好，他们以为凡是传统的经典的都是好的，他们是把这个当成传统文化的代表想让孩子们学的，认为学了就是继承了传统文化，这是不懂得人性要学良善。

这是一个父亲的担心。我希望孩子在书中读到的，不只是描述用词的形象精准，我希望她在书里还要通过不同人物的命运，接受爱的教育，人性良善的教育。

我希望能够找到与“英雄之恶”“有才之恶”抗衡的力量。这种抗衡的力量是什么？像《简·爱》《呼啸山庄》，里面虽然也有残酷的命运，但同时包含人性和平等的光辉，两者形成一种相互抗衡的张力。

所以我鼓励孩子读欧洲文艺复兴以后的作品，它们中有人性的复苏、有人道主义的元素。当然，还有像《诗经》这样的经典，既有未压抑的人性，也有山水草木之美，也有规矩。我从不反对她读古诗，比如说《古诗十九首》，首首是好作品，比如说唐朝的那些伟大的诗人，尤其写的山水篇章，很有想象力，山水是自然性，自然性跟人性是相通的，当然还有其他唯美的文本，都很适合孩子读。

我们小时候没得选择，随便拿到一本书，包括红宝书，都是宝贝。如今孩子们面临的阅读世界已经非常丰富，可以选择了，那种那个年代无奈之下被动接受的书，难道还一定要推荐他们阅读吗？

当然，我后来也常跟孩子说，她书架上和我书房里的书，随她乱翻，只要她喜欢，即使四大名著也没关系，我甚至有不同的版本在书架上。我从来不担心这是浪费时间，人总得经历一个“乱翻书”的阶段。我相信那些更多地蕴含人性良善、平等、自由和爱的书籍，会冲抵传统经典小说的恶。我小时候也有过这么一个阶段，乱翻书，读各种在大人眼里无用的书。正是那些“无用”之书，构成了我们人生的底色。

这是一个与社会与学校“争夺”孩子的战斗。

当然，这种阅读孩子也会有挫败感。去年年底她在书架上选了本陀思妥耶夫斯基的小说《罪与罚》，我劝她不要读，读不下去的，她没听。结果，当晚她就把书扔了，气呼呼地说，一个名字也记不住。

从此，她的兴趣被电视综艺节目所吸引，再也没有回头，因为她身边的同学都在看这些综艺节目，这是他们的话题、他们的生活。

我很有些无奈。但我相信，书房里和她书架上堆放着的那些图书，她读过的那些图书，最终还是会改变她。

就像我最近问她读过的书里最喜欢哪6本书时，她认真地扳着手指跟我盘点:《简·爱》《小妇人》《格兰特船长的儿女》《汤姆·索亚历险记》《小王子》《我是猫》。

我问她喜欢的理由，丫头理直气壮地回答我：喜欢一个东西不需要任何理由。

第二编

嚼白句

一个精神糖尿病患者的自画像

一个男人要走过多少条路
才能被称为一个男人……
——鲍勃·迪伦

才力犹可恃，不惭世上雄。
闲作东武吟，曲尽情未终。
——李白：《东武吟》

宁愿弯着腰活着，也不直着腰死去。
宁愿挑起生活的全部重担，也不一死了之。
——奈兹瓦尔

今天是4月1日，还是我的生日。这个不是愚人节新闻。一个人一年有多个生日，是典型的中国社会主义特色，这个问题另谈。但是，今天这个生日过完，就是真正的年过半百了。

却顾所来径，苍苍横翠微。这个时候回望自己走过的路，其实内心斑驳复杂，几多辛酸几多自傲。

辛酸的是，一路走过，做啥啥没成，真正的一事无成。

我，当年一个因营养不良干瘪的农村青年，像中举的范进一样奔着吃“皇粮”上了大学，像只担惊受怕的小松鼠似的进了大都市，一个人背着铺盖进城，一个人背着铺盖——嗯，多了很多箱书——出城（我的第一份工作，在大兴黄村镇，当时黄村可不是像现在似的）。

落寞地参加工作，当老师，也没有当个好老师，养了两只兔子（被学生偷吃了一只，我的学生兼朋友诸暨郭建欢君曾说我在课堂上讲建设社会主义的时候，兔子却在校园里吃社会主义的草），开了租书铺，上课还差点被指控成罢饭的教唆犯（这真是六月飞雪，比窦娥还冤，我哪有这闲心啊）。

考研究生，人民大学党史系，英语和政治没过（我还是教与政治相关课程的老师），不过如果考上了，我会是个什么样的人呢？我没认真想过，不过前些年听张鸣老师说，考上了会成为他的师弟。

后来投考公务员，当了公务员，混了几年，也没啥长进，就离开了，要说收获，是那时我接触的人，大抵都是传媒行业当时最优秀的领军者，有机会与他们接触，是我的幸运，站在他们的肩上，让我比一般人对媒体行业有了更深的理解，这一点，我一直感佩于心。

后来去了一家做股票的报纸，也算是逆水行舟，不过让我看到了体制媒体之外的世界。

回转做《传媒》，与领导合不来（我这个人，脾气不太好，常犯恃才傲物的毛病，人家很奇怪一个当过秘书的人脾气如此执拗——后来清楚自己其实也就是嘴尖皮厚腹中空的山中竹笋而已），于是辞去一切公职和职务，与这个体制“割袍断义”。

回家抱了几个月孩子，重新出山到一个市场研究公司，三大收获：一是交了新朋友；二是工资一下子超过了太座，让我说话硬气了许多；三是让我第一次学会了从消费者和客户的角度思考媒体问题，真正摆脱了过去行业普遍有的“水仙花”情结。

后来去广州，做《南风窗》，接着《中国周刊》，直到后来暂时立定在《新京报》……

过去这些年，换了许多工作，且大多是逆势选择，逆潮流而动，总是与时代潮流不合拍，从未准确踏上过节拍——上高中学好数理化走遍天下都不怕时读了文科；法政经济开始流行时读了哲学；别人去机关时当了老师；别人下海时我考了公务员；别人打破脑袋想进机关时，我离开；证券市场不行时我到了发布股票信息的报纸；互联网兴起时去我去做了以平面为主的专业杂志，以及专业研究公司；社交媒体时代做了份月刊；移动互联时代到了都市报……就像六指琴魔里那个报信的胖老头，口头禅是“又晚了”。

我过去常跟太座开玩笑说，男怕入错行，女怕嫁错郎，嗯，我们俩是我入错了行，你嫁错了郎。不过玩笑归玩笑，太座倒也没有嫌弃我这个干啥啥不成的人（在我困顿的时候太座甚至豪言“我养你”，用封新城兄的感慨来说，就是一个茶叶店老板娘，用自己的胸怀，养住了一个总编的情怀。我说这是傻人自有傻福）。

这是真正的一事无成，除了形塑了一个不便分类的劳动者——2014 年我作为无业游民到社保开设个人户的时候需要办社保卡关联的银行卡，在北京银行办，号称京卡。填表时有一栏职业，很独特，别家都说其他，这个却叫不便分类的劳动者，很形象，这顶帽子，我很自觉地拿过来戴上了——和一个假冒伪劣的知识分子。

不过，辛酸是一方面，另一方面也有莫名的自负自傲。这些年我也很幸运，赶上一个巨变时代，真正三千年未有之变局之一段——赶上了“文革”末期，连名字至今都带有明显的那个时代特色；经历了领导人死亡时全国性的无知的彷徨与忧伤，茫然不知国之将往何方；赶上了改革开放，恢复高考，上了大学，摆脱了面朝黄土背朝天还怕吃不饱饭的悲惨生活；大学时期恰是思想解放风起云涌之际；毕业赶上开始双向选择；赶上邓公南巡后市场经济的开始；赶上了第一次公开招考公务员，考了中央国家机关公务员；赶上了入世互联网和全球化时代，也感受到了逆势的寒意，以及与期望不匹配的下行……

还有能比看到并亲历时代之变更幸运的事吗，无论上升还是下滑？无论是普通的、极端的命运，我多少耳闻目睹了一些。时代的变迁，自然在我这样一个敏感的人身上打下了深深的烙印。

从一个乡下顽童，到两鬓斑白的中老年——那段立定在中国最好的机构媒体《新京报》的时光，是我到目前为止整个职业生涯最为开心的一段时光：价值观契合，从上到下团队氛围好，无论是老戴、跃春、爱军、小猪……跟他们共事，让我非常开心，以至于跃春看见我经常说朱学东你怎么总是这么开心啊？嗯，用我老家常州的方言说，像烧开猪头。当然要开心，跟这么多优秀而坚定的人共事，这是老天对我的眷顾。这一路，走过许多地方，喝过不少美酒，见识过许多人事，读过许多书，这些方面，倒也没有亏欠自己多少；上过厅堂，行过江湖，从一个无知顽劣的乡野小孩，到一个一心吃“皇粮”的新范进，再到靠手艺行走江湖，最终选择了与大多数同龄人不一样的人生道路，终得以自足。

所以我常常自诩，能“推天地于一物，横四海于一心”。除了囊中略羞涩，纵使一事无成，但也悠然自得，睥睨江湖，不觉得失败，不觉得是失败的人生。

无知即罪恶，苏格拉底说。道德的进步就是视野的进步，艾丽斯·默多克，一位加缪作品的热切钦羡者坚持说。我过去那些年，曾经津津乐道扬扬自得的许多东西，随着自己年岁渐长，识见渐多，越发觉得空虚，年轻时之能，其实不堪，于是转而发愤。但“惟草木之零落兮，恐美人之迟暮”！这种老之将至的感觉，其实已经不能挥之即去了。

所以，在深深的自我反省之后，唯有紧紧抓住最后的韶华，不仅要战胜自我，也要在自己身上克服这个时代。最近这几年，尤其2013年以来，我自己的日常生活有了很大调整，这些年一直坚持走在这条调整的路上，没有稍息停顿，只有强度的不断增加。

一方面自作豪气，“才力犹可恃，不惭世上雄”。这相当于走夜路时放声歌唱，黑暗中自我打气；另一方面努力建设自己，希望尽量推迟强弩之末日子的到来，同时在走向未来的日子之时，也能不辜负自己。

过去一路走过，我得到过许多朋友的帮助。但今天的我，更多是靠自己的努力自我奋斗塑造的。我清楚自己不是混出名堂的人，我不混，也没名堂，读过些闲书写过几篇闲文而已；明知自己没有直面反抗的勇气，只能自认胆小如鼠，但自己不干的事，绝不忽悠别人去干；我知道每个人都有自己的活法，但我选择做好自己，虽然身体已被酒糟透掏空了，但自觉还有一颗坚强的心，能够无愧于自己，无愧于天地良心。

所以，可恃之才力，不是用来苟合堕落，更不是用来作恶，而是要尽可能地成为一个有用的人，至少对家人朋友和愿意和你一起努力的人以及服务的职业有用。过去是，今后仍将是。

在常识变成底线的时代，要守住却可能要金刚不坏躯。如何才有金刚不坏躯？除了前面提到的之外，更重要的在于自我建设。

2016年的时候，王健林说定一个小目标，先挣一个亿。这个目标，我到死也做不到。不过，我能做到的，王健林恐也未必做得到。但，立志当学王健林，我给自己也定了一个小目标：

读一亿字的书（6~8年），出版十本书（5~10年内），走两万公里路（10年），抄诗万首（10年），10年后小楷送朋友能送得出手——我说，向周作人学习，送朋友的，就送随手抄的诗词，送最好的兄弟姐妹的，就送自己小楷手抄的自己的作品。

这个目标不大，纯粹是个人志趣，不攀比，唯独立。算起来，也不过是把从前乃至如今在做的东西明确量化而已——尽管量化破坏了我无为而为的初衷，但是，却也强化了动力。

而且，我想，这个时代，能够坚持奔向这个目标，倘若真能坚持了，即便最终未能达到，也是件了不起的事，是肉体和精神上真正的自我建设。小猪后来像牧师一样给我总结说，这是从自以为最贫瘠的种子内部生长出的希望。

虽然壮歌不再重唱，
我们有的也乐趣深幽；
岸边的卵石咯咯地叫，
在海潮退落以后。
——叶芝

我开始在新的生活中寻找自己的深幽乐趣。

如今的我，除认真上好每一天班做好自己的本职工作之外，每天早晚和路上挤出一切可以挤出的时间阅读，并做读书摘要或笔记；天气好的时候，尽量走路锻炼；早晚都坚持抄诗，并开始练习使用毛笔，周末或晚上若有时间，坚持码字，记流水账，如今还在午夜打理自己的公众号，坚持在社交媒体上传播自己的价值立场……

嗯，看看我目前日常的正常作息时间表吧：

6∶30am ~ 7∶00am：起床；
7∶00am ~ 7∶30am：晨课（抄诗）；

7∶30am ～ 8∶00am：早饭 / 晨读；

9∶00am：挤地铁上班，路上读书；

10∶00am ～ 6∶00pm：上班（周五签书评版），其中中午，或小眯20分钟，或外出步行5～6公里，或偶尔补篇流水账；下午5点多，审传媒研究公众号稿；

6∶30pm ～ 7∶30pm：挤地铁下班，或在赴酒局路上，或在步行中，地铁读书；在家晚餐与家人聊天；

7∶30pm ～ 10∶00pm：不在酒局，就在书房（码字，审看书评公众号稿），酒后回家，通常在地铁继续读书；

10∶00pm以后：晚课（抄古诗），练小楷，读书；

11∶30pm：整理公众号“老朱煮酒”，0∶30am：推送；

0∶30am：甚至更晚，一般会与同事微信讨论交流工作等，同时翻翻书；

0∶00am以后：保证不低于半个小时的阅读（早上和午夜把阅读时间固定化，其实是受小猪影响）；

晚上1点，休息；

周末，码字，读书，走路，给孩子做做饭；

签片周，作息时间和日常安排自行调整。

是不是像疯子？许多朋友无法理解，这么大年纪了，眼见着要颐养天年（在我们乡下，当然差不多了）了，又不是做生意挣钱，这么疯魔干吗？我不理睬，反而越发疯魔，自许日拱一卒，不期速成，跬而不休，跛鳖千里，万水千山，坚持而已。

这种疯魔，在我内心深处，其实就是一种抵抗，对世俗流行价值的抵抗。

我想跟这片灌木丛一样，
每天在这里抵抗着，
既不消失，
也不抱怨，
更不说话。
它什么都不需要，
也不被征服。

——威廉·格纳齐诺

卵石无法被驯服，
它们将看着我们，
直到最后，
用沉静和十分清亮的眼睛。

——赫伯特

我常常用格纳齐诺的灌木丛、赫伯特的鹅卵石和关汉卿的铜豌豆自况。

就在前两天，早上我随手翻读诺贝尔文学奖得主、爱尔兰诗人谢默斯·希尼的诗集《电灯光》（我喜欢他写的那些写诗人的诗，比如《仿奥登——悼布罗茨基》等），安静读他的《羽扇豆》，是如此地击中了我。也许，正是我这样的年龄，最容易被如此平静地描摹一个豆荚一生的诗所击中：

它们站着。只站着。便具备某种意味。
……
即使它们变得发白了，也决不会退缩。

像我这样出身农家熟悉农活的人都清楚，豆荚发白了，豆子却愈益坚硬了。这是天道。

以赛亚·伯林说，“你反抗是为了坚持自己的意见，说出自己的话，保持一份自主，以免受到并非由你本人的内在自我产生的事物或环境的支配、引导和限制”。

或许在朋友和别人眼中，会习惯性认为，像我这样坚持的人，激情理想如永动机有不竭的力量。其实，这种坚持，就像我们走夜路时会歌唱一样，更多是一种内心软弱时的自我鼓励。

软弱放弃安逸享受才是我们生活的常态，顽强坚持的才是非常态，不正常。这就像李健歌里唱的，“有时候，坚持是一种无路可退”。

英国哲学家C.D.布劳德曾经把类似我的这种疯魔行为，命名为“精神糖尿病”：“对正直的健康嗜好，倘若受制于良好的举止，诚然可嘉，但‘如饥似渴’地追求它，往往只是精神糖尿病的症状。”

或许，我正是布劳德说的那种“精神糖尿病”患者。

但是，无论是不是疯魔，是不是“精神糖尿病”患者，我自认正是这种非常态的近似不正常的顽强坚持，赋予了自己的生活更高价值，这也是加缪赋予西西弗斯的意义。当然，这是一种自我期许，不能推及别人。对别人，职业专业足够；对朋友，信则可。

认识到一个人的信念的相对有效性，却又能毫不妥协坚持它们，正是文明人区别于野蛮人的地方。

——熊彼特：《资本主义、社会主义与民主》

当你想到那些遥远的人们，

想想你自己，然后说：

“我希望自己是黑暗中的蜡烛。”

——达维什：《想想别人》

我做不了黑暗中照亮别人的蜡烛，但自我举烛，照亮自己的前路，而不是靠别人的光芒来照亮，才是我这个年龄的人真正应该做的。

我始终相信，像我这样智商不高情商也不高（老戴钦定的），却总是傻傻地努力，笨笨地坚持，做别人不愿意做的事，并且努力做好它，有点像那个阿甘。

坚持下去，谁知道会发生什么？但我不在乎。我把这个称作精神逆生长——本该很快进入颐养天年的年龄，却始终不肯放弃精神的自我完善，不是逆生长又是什么？！

“如其所是地理解，很多事情本就为美。”小猪用马可·奥勒留给我熬的那碗江南土鸡汤里又加了些西洋参：人的一生，最终的作品，就是他活过的模样。不要期望成为其他任何人，而要成为最好的自己。你是千千万万中唯一被选中来完成你自己的那个人。

好吧。

“努力尽今夕，老年犹可夸”。把苏东坡的诗稍微改一下（原诗是“少年犹可夸”），可以彻底消除“坐久灯尽落，心事空蹉跎”的沮丧，我觉得特别适合自己现在的状态。

是的，努力尽今夕，成为最好的自己。

答案就在风中飘荡。

学会好好说话

很久以前，人类的祖先有着共同的语言。他们东迁至幼发拉底河附近水草丰美的示拿之地。为了聚集全体的人类，展示人类的力量，他们在此烧砖筑城，建通天之塔。上帝光降视察，说："看哪，他们成为一样的人民，都是一样的言语，如今既做起这事来，以后他们所要做的事，就没有不成就的了。"于是上帝决定变乱人类的口音，使他们的言语彼此不通，并使他们分散各地。从此通天塔再无建成的可能。

《圣经》里通天塔的故事告诉我们，语言在人类活动中具有令上帝害怕的力量。上帝使人类语言不通，彼此不能交流，人类也就失去了伟大的力量，不唯如此，还开始了纷争相残，只得日夜祈愿上帝赐福于己。

连上帝都害怕人类语言的这种力量，何况要维系自身统治秩序和利益的世俗威权？

所以，并不是所有时候人都可以说话、会说话的。说话成为一种人类普遍的权利，还是不算太久远的历史。

我们生活之所，不太远之前甚至还处在沉默时代。普通人根本没有机会说话表达，一不小心说错话，恐难逃牢狱之灾。在人人自危的环境下，能说的，则都是以大话、假话、套话、空话、胡话为主。

这种现象不唯我们身边和历史上，在其他时代其他地方也曾兴旺过。20世纪伟大的俄罗斯哲学家别尔嘉耶夫早就对这种现象进行了分析：“在不自由的氛围里，空洞的词语正在兴盛，它们是难以颠覆的。词语的神圣含意唯有在自由的氛围中才能显露。”

社会进步，普通人开始获得了说话的权利。尤其是今天即时传播通信技术的进步，进一步拓展了普通人的话语空间，众声喧哗的时代开始到来。

但相较于默片时代，人们压抑的情感开始如洪水般从决口处奔腾而下。长久的不自由的压抑，许多人陷于语言的贫困中，语言功能退化了，不会好好说话，不能恰当地行使自己久已失去的权利。

许多人说话时，或充满暴戾之气，言语粗鄙；或旁若无人，居高临下；或唯我独尊，说话不留余地……

从家庭成员之间的交流，到办公室同人之间的对话，到不同社会阶层之间的接触，类似情形普遍存在，结果是越来越纠结，越来越陷于所有人对抗所有人的泥淖中。

久默之后的众声喧哗并不奇怪，但这并不应该是人们放弃理性说话的理由，情绪化的喧哗只会制造问题激化矛盾，断无解决问题之功。

人们说话是为了交流沟通，为了表达自己的利益诉求，表达自己的情感情绪，表达自己的立场观点，赢得他人的认可。

套用美国语言学家恩格尔的看法，翻译或者死亡，是人类在地球上残存岁月的命运，或许某一天，世界上每一种生物的生存与否，都会取决于对一个关键词的正确理解和翻译。翻译其实就是让别人听懂自己的话，让自己听懂别人的话。

学会说话，即是为了让别人能更好地理解你的立场。说话时，首先要学会尊重你的听众或者对手，尊重对方也即是尊重自己，这是对话得以展开的基础。有了对话，才能知道分歧和各自利益诉求所在，通过一次又一次的对话，沟通，增加互信，才能用双方的智慧，寻找解决之道，妥协折中，达成共识，形成向上的改变。哪怕是有限的共识，对双方而言都是双赢的局面，社会为此付出的成本最低。

好好说话，才能够为自己赢得更大的说话空间，并形成良性循环。相反，即如西蒙娜·德·波伏娃所说：“有些话的杀伤力也跟煤气室一样大。”

不会好好说话，不仅可能摧毁有限的说话空间，也容易撕裂社会阶层，在人与人之间制造敌意，亲痛仇快，致通天之塔永无成功之望。这正是上帝和那些世俗的威权都乐见的局面。

改变常常是从边缘处细微处开始的。在有限的话语空间里，不断地练习说话，珍惜自己有限的话语权，讲好自己能讲的每一句话，也许，就别开生面了。

当然，如果遇上无法沟通对话的局面，保持沉默也不失为一种上佳选择。沉默是对对手最大的鄙视。某种意义上，它也属于一种好好说话的特殊形式。

如果你跟你痛恨鄙视的对手一样不好好说话，同样使用粗鄙的话语，固然可以解构消解对手的某种神圣性，即使你说话的声音比你的对手更高亢，你依然堕入了他的陷阱，永远无法摆脱你痛恨和憎恶的一切。

高考到底有多大的罪

1985年7月7日至9日，我在江苏省武进县前黄中学（我的母校）参加了改变我命运的全国高等教育统一招生考试。

今天距离我参加高考将近24年了（注：原文写于2009年6月7日）。

现在，如果再让我进考场，也许会得好几个大鸭蛋——现在我常常连我们家丫头幼儿园做的数学题都看不懂，要颇费一番功夫后才能搞明白，遑论高考了。

自30余年前恢复高考以后，虽然那个时候入学比例很低，但20世纪80年代无疑是高考的黄金时代，当时的社会全没有今天对高考那种攻击，考不上大学，没有人怪应试教育毁灭人才，只有归咎于自己没有努力用功学习。虽然今天郎咸平大肆抨击“学好数理化，走遍天下都不怕”是个伪命题，不过，在20世纪80年代那样的环境下，这个命题显然还是真的——我们不能跳离开历史，孤立地看待曾经的生活。存在，在它适用的范畴之内，就有合理性合法性。

30 年白云苍狗。吊诡的是，在经历高校大扩招，那么多人进入大学之后，考生们，尤其是家长和所谓的社会贤达，却越来越对高考恨之入骨，读那些人对高考和应试教育的文字，真有食肉寝皮的感觉，恨不得一废而快之。在远离高考多年之后，这种痛恨是我所无法体会理解的。

不过，作为一个过来人，我对高考和应试教育的看法与很多社会贤达不一样。

许多人在抨击高考制度时，总喜欢拿天才说事。这个大人物没上过大学，那个大学者大学没毕业，他是中专生，她是小学生，似乎只有没上过大学的人才能成才。问题是，一个社会的天才总是只有那么几个，家里如若有个天才，还要有伯乐相识，这简直比中六合彩还难。

以最世俗的成功标准，总体而言，受过良好教育的人在一个相对稳定、正常的社会中，成功的概率要远高于没有受过教育的人，这个观点是有统计学的支持的。

没有受过良好教育而成功的概率高于受过教育的人的，一定是在一个动荡混乱的时代，是一个濒于失败的或者说已经失败的国家或时代，所谓乱世出英雄，刘、项原来不读书。

显然，社会发展到今天，那些个不读书就能逞英豪的白卷英雄时代，在中国，在我看来，已是渐行渐远，永远不会再回来了。

更为重要的是，在今天的中国，高考和应试教育，依然是普通中国人在这个复杂多变的社会中相对公平的机会。也许考试前后你和你的家人，都可以利用各种关系运作，但在进入考场那一刻起，无论你出身贵贱、贫富，也不论你是住名邸豪宅还是穷街陋巷，坐宝马奔驰还是自行车 11 路车，起码那一刻是公平的。当录取分数线出来后，对许多人而言，在这一个时间段里，也是平等的。犹如人一脚踏进坟墓，在上帝面前，从此就是平等的。

我和我的朋友们，绝大多数出身普通农村家庭，当我们一起聊及高考时，都会感谢那个逐渐还权于民的社会，感谢高考给予了我们什么是公平的基础启蒙——那就是分数面前人人平等；感谢高考给予了我们这样一个认知——知识真的能够改变命运。

感谢高考，它曾经让许许多多生活在社会底层的青年人及其家人，看到了改变的希望。

如果不是高考，也许我还在江苏乡下子承父业，打鱼杀猪种地，顶多开个小工厂。我跟我弟弟生活轨迹的不同，最大的一个差异因素就是高考。

没有一个制度是完美无缺的。然而到目前为止，至少，我还未发现比高考更好的选拔制度。尽管如今的高考制度已然与当年不可同日而语。

回过头来说，这些年推行的所谓素质教育，从大方向来说似乎是那么回事，但是在一些所谓的社会贤达手中，素质教育与其他引入中国的理论一样，不可避免异化。希望它不要堕落成可怕的、加速社会分裂的工具。

端午节在朋友家，聊及社会崩溃的可能，我说只要这个社会，还保有这样一种机制，它能够让不同社会阶层的一些精英，在社会中实现自由流动，底层精英经过努力，比如高考（过去是科考）和经商实业，能够跻身上层社会，并参与这个社会的决策，这个社会还是会让人看到一线希望，各个社会阶层的精英，如果认为奋斗要比瓦解付出的代价少，就可能会为某一目标去奋斗，从而消解离心的力量。虽然这一观点有点阿 Q，只是一种精神鸦片，但它却是屡试不爽的。

当然，高考只是一个人不间断学习过程的一个中间点，并不意味着到此为止。每个人的际遇将在高考之后产生新的裂变。

我问过我周围熟悉的人，从国际大公司的全球副总裁到政府的官员，从大学的教授到报社的主编、电视台的制片，个个堪称栋梁之人，有哪一位不曾是应试教育和高考下的蛋？

没有点头者。

出身贫寒到底是一种什么罪

一部名为《人民的名义》的电视连续剧，再次引发了关于贫寒子弟是否更容易贪腐的话题，这个话题进而被一些人上升到对贫寒阶层的道德批判：

贫寒阶层缺乏信用，自私短视，没有契约精神，这是社会现实。

同样出身贫寒阶层的我，看到这样的言论，总觉得这种腔调如此熟悉，心中非常不快，虽然缺乏批判的学养背景，但骨鲠在喉，不吐不快。如果不能为父母和自己出身的阶层（这个阶层在中国基本失声）辩护，还配做人吗？

先来谈谈“贫寒阶层缺乏信用，自私短视，没有契约精神，这是社会现实”这句话。

我完全认同，所谓缺乏信用、自私短视、没有契约精神这种缺陷，存在于贫寒阶层相当一部分人身上。作为贫寒阶层子弟，我曾经耳闻目睹在生活困顿下那些求生者的各种行为，以及他们超越常人的行为逻辑，这些年浸淫于传媒，耳闻目睹更多更严重。

但是，我想问的是，把贫寒阶层部分人的行为特征泛化为整个阶层的特征，这需要多大的勇气，多大的统计学数据支撑？你们有吗？有的话，请拿出来。

我没有。

但身为贫寒阶层子弟，我知道我生活在鱼米之乡的父祖辈，在极端年代里，虽然也被迫去偷荷花郎做口粮，但从未放弃过做人的本分，济贫扶困，遵约守信——我早年所生活的环境里，除了非常有限数量的人会被视为缺乏信用外，大部分人普遍不需文字契约，而遵约守信的精神，一直到近年才被法律文书和文字取代——一个传统的熟人社会，如果普遍自私短视、缺乏信用，何以维持其稳定？

仗义每多屠狗辈。把部分人的行为视为一个阶层的特征，这在逻辑上是站不住脚的，小小数量的相反案例即可击破其逻辑。何况，这并不是小小的相反数量案例。

“缺乏信用，自私短视，没有契约精神”这种缺陷，存在于贫寒阶层的许多人身上，这是不可回避的社会现实，同样的问题是，在当下中国，有哪个阶层的人，能自全于外？权力阶层？知识阶层？商业阶层？

前述缺陷，不仅存在于贫寒阶层，同样，存在于当下中国的其他任何阶层，而且，精英阶层的问题，恐怕并不比贫寒阶层轻——当然，我也缺乏统计学意义上的支持，但至少，我在这方面的观感是这个调性，而不是相反。

既然其他阶层都有同样的问题，为什么有人独挑或专挑贫寒阶层说这个问题？

精英阶层行事隐秘，盯的是大利巨利——所谓窃国者侯，在所谓成功者是唯一不受指责的极端功利主义价值观肆虐下，这些都不再是问题，相反却被视为一种能力，而且一旦出事后容易找人背锅，洗地之人众多善用媒体包装——比如直接就说贫寒阶层如此如此，等等，使精英阶层人士之恶，幻化成一种能力，幻化成奋斗失败者的悲情，这是最成功的现代包装，其实也是社会无耻最大的助纣为虐。

而贫寒阶层人士，以不义取蝇头小利，直接与周边人切身利益关联，隐无可隐，且群体绝对数量庞大，更容易曝光于媒体曝光于社会，更容易被不齿。所以，这种论调，除了别有用心之外，理中客同样回避了这些技术层面的解释。

至于贫寒子弟是否比精英阶层子弟更易腐败，同样是一个哗众取宠的伪命题。

中国式精英阶层（尤指特定阶层），其成长的环境，本身就是一种特权环境，这种环境，是建立在碾轧其他阶层基本利益基础上的，他成长过程享受的一切，并不那么干净。至于说后来因为家庭条件好，对利益不贪，这样的情况确实存在，但并不是说相反的情况就少——看看媒体所披露的情况，还少吗？贫寒阶层子弟，同样存在许多不贪的人啊。

在贪腐问题上，我更愿意就个案讨论，而不是泛泛归咎于某个阶层。

用出身论、血统论谈贪腐问题，其实是回避了每个人不同的成长史。所以，愚蠢不是一种道德缺陷，而是智力上的。

每个人的违约失信乃至其他堕落，都有自己的轨迹可循，但如此把特殊性定性为一个阶层的普遍的特征，不仅是愚蠢的，也是刻意的政治作恶——从纳粹以现代生物学包装的反犹种族论，到中国式黑五类子弟，乃至今天贫寒子弟更易腐败，唱的其实都是一个调调。

至于不同阶层人士的作恶之于社会的影响，其实很简单——贫寒阶层人士作恶，伤害的是个别人的利益，而豪门之恶，危害的却是整个社会。所谓大厦之倾，不在砖石，在于栋梁腐朽。顾炎武的《论廉耻》，龚自珍的《明良论》已经把国之无耻沦丧责任问题讲得明明白白清清楚楚：

> 故士大夫之无耻，是谓国耻……教化者朝廷之先务，廉耻者士人之美节；风俗者天下之大事。朝廷有教化，则士人有廉耻；士人有廉耻，则天下有风俗。
>
> ——顾炎武：《论廉耻》

> 士皆知有耻，则国家永无耻矣；士不知耻，为国之大耻……农工之人肩荷背负之子无耻，则辱其身而已；富而无耻者，辱其家而已；士无耻，则名之曰辱国；卿大夫无耻，名之曰辱社稷。
>
> ——龚自珍：《明良论》

没有比皇帝公卿士大夫的失范无耻，对国家社稷伤害更大的了，一正一反间，他们的无耻行为，动摇国本，扰乱社会，引发了社会沉沦。

前人早已辨析得明明白白的事，今天还有人来混淆视听，其心何为？不过就是现代的艾希曼而已。

无思是一种恶，大恶。

如果没有高考，你会成为什么样的人

今年的高考结束了。

我写过很多篇关于高考和关于读书改变命运的回忆文章，对曾经的高考制度一直怀着一种感激之情，至今仍这样。这是一个既得利益者的感恩，契合了中国传统的价值观。

我的很多有思想的年轻朋友，曾经当面批判过我的这种感恩态度，认为我无须感恩，这本来就是我们的基本权利，是天赋之权，他们不过是把曾经剥夺的权利归还于我们，我们还感恩戴德，念兹在兹，这骨子里是一种臣民思想，当惯了奴隶的思想。

我无言以对。年轻的朋友没有经历过黑暗的岁月，他们从一开始就享有了吃饱穿暖，读书、玩耍、考试、上大学、工作的权利，过着衣食无忧的生活，在他们眼中，权利就是天赋的、是理所当然的东西。

但是，对于我来说，从来没有什么天赋的权利，没有理所当然的东西，无论吃饱穿暖，读书工作，哪怕法律上规定得明明白白，它都不属于我，属于我的，必经奋斗而来。即使是吃饱穿暖这样的人身基本权利，也不只是自我奋斗的结果，它同样是一代代人奋斗牺牲的结果。高考和上大学更是如此。

我到上学年龄的时候，中国没有高考制度，农村只有“修地球”这个“专业”——后来恢复高考制度时，年轻人相互打趣，说要是考不上大学，我们就只好上“修地球”这个专业啦。

所谓“修地球”专业，不过就是种田的玩笑罢了。

出身农家，世代务农，种田本是本业，到我们这一代，也没得说的。但是，做农民苦，不只是辛劳的苦，靠天吃饭的苦，还有被掠夺的苦，而被掠夺的苦，才是陷农民于万劫不复之最大的苦。

我自小生活在鱼米之乡，小时候绰号“黄姜巴”——一种板结的泥块，比泥巴硬许多，硬度又弱于砖石，形如生姜，干瘦紧巴，意为皮包骨头无肉——其实就是缺少营养，以至于到我上高中时，家里要给我恶补，怕我万一考上大学，连体重都不够。那个时候，吃饱穿暖，是我们前后三代人的基本梦想吧。

如此瘦小的我，在当时也逃不脱所有农村孩子劳作的生活轨迹。

自七八岁起，大人下田后，我便会循着祖母的吩咐，脚下垫着凳子，站在灶台前炒菜——菜是祖母洗好了的；炒菜的油，是祖母按量准备的；饭锅是祖母淘好米加好水的。后来农忙，学会了捡麦穗稻穗，学会了放牛赶鸡钓田鸡，学会了给菜地浇水浇粪，学会了打猪草切猪草烧猪食喂猪喂羊，学会了割稻割麦，学会拔秧插秧，学会了挑麦挑稻挑粪，学会了鞭连角打场，学会了打灯捉稻飞虱，学会了种化肥敲麦，学会了耘稻拔草，学会了拔芹菜挖藕……

没有一样农活没干过。我后来跟弟弟开玩笑，我长得这么瘦小，小时候挑重担压的啊，被摧残得长不起来了。

除了农活外，我还学会了采摘各种草药树花树籽，只要药店收的，我都会去弄，哪怕卖不了几分钱；当然还学会了捉鱼钓黄鳝放甲鱼，学会狗刨后每年夏天跟着父叔走遍故乡我们能够走到的每条河，去摸甲鱼，交钱记工外可以挣些贴补家用的钱，直到我上高二，父亲觉得我能考上大学要多读书才不再让我一起去摸甲鱼。

所有这一切，都在上学之余，是一个小学生到中学生学习之外几乎全部的生活。父亲小时候没这样苦过，我曾问过父亲，这么好的地方这么勤劳善良的人我们还从小当童工，却又常怀吃不饱穿不暖之虞，谁能做到？父亲默然无语。

那个时候，农村上谁无此虞？只有一种人，国家户口的。也就是吃“皇粮”的，比如老师、干部、工人，都是城镇户口，他们有供应，不会挨饿，不会没新衣服穿。

怎样才能成为城镇户口，吃上国库的粮食？只有招工当兵，但对于普通农家而言，这机会就像今天买彩票一样。

当然，还有工农兵大学生的推荐制度。

我们大队就有推荐上了大学的。不过，一般人是不能获得推荐的，必须是领导干部的子女亲属，像我这样出身普通农民家庭的人，永远不会有这个机会，除非回到汉朝，举孝廉或许有机会。

其实，还有一种，就是到江西去上共产主义劳动大学。我小时候看电影《决裂》，知道江西有共产主义劳动大学，凭手上的老茧可以上，我手上过去也有老茧，都是干活干出来的。但是，2014 年，我在故乡寻访旧事时，师弟的父亲告诉我，去江西共产主义劳动大学，毕业时候的数学水平，相当于我们本地小学三年级吧！上了共产主义劳动大学，回家还得种田！

我上小学的时候，还没有恢复高考制度，我上的朱家桥小学，还有农中。农中毕业，大概就可以名正言顺“修地球”了吧。

比较幸运的是，我上学没几年，国家恢复了高考制度。当然，我后来知道，这个制度的恢复，不是心血来潮，不是一帆风顺，而是多少人经过多少苦痛斗争赢得的，这一过程中，不知多少青春年华被时代所耽误。

高考制度一恢复，我们全家三代人便对我吃“皇粮”寄予了厚望——谁都知道，只要吃上了国库的粮食，就像那中举的范进，不仅自己衣食无忧，关键时刻还能周济乡下家里，周围发生的故事，生生教育了普通的农民。

而我，从此走上了认真读书的路，这个认真，跟范进死读书还不太一样，我不仅死读书，还抑制不住对世界的好奇心，开始张望教科书之外的世界——中学6年，我从《连环画报》《富春江画报》，读到各式小说，对世界的认识开始溢出教科书之外，而且，某种意义上，对小说的阅读最终改变了我的人生——程乃珊的《蓝屋》，让我明白了自我奋斗的意义。

我后来跟自己的孩子谈起往事的时候，非常感慨一点，就是我从来没有因为厌学逃过学，不按时交作业过，从来没有觉得学习苦过——丫头反驳说是因为那时我们的作业不够多，也许，但是，只要想到回家种田之苦——插秧断腰戳手指，割麦浑身碜痒，割稻常常伤了自己——所有厌学的念头，也就都烟消云散了。

到高中的时候，尤其从高二开始，家里的活都不用我干了。黄梅天放学回家，偶尔到地头看看正在忙着插秧的家人，想帮个忙，周围村里人就会说，别干了，还是回家好好读书吧，要是考不上大学，这辈子地球有得你修。

记得考完大学还未放榜之前，我与恰好初中毕业的弟弟一起，抬着父亲冬天打鱼的脚盆，自觉到河里去练习站脚盆。我的心思很简单，万一考不上大学，练会了站脚盆，也是一门手艺，将来冬天可以跟着父亲去打鱼，挣些钱贴补家用。

我很幸运，后来考上了大学。1989年我大学毕业那年，插秧时节回家了，自然少不得下地帮忙，几年没干农活，再一次干时，是真正体会到了种地之苦。家里插完秧那天，大队给我送来要求返校的电报，在田头喊我父亲，我直起腰，把手中剩余的秧苗一把抛向天空，狂喊说，老子这辈子再也不种田了！

确实，自此我再也没有种过田。我跟我没有上高中的弟弟，走上了完全不同的发展道路，有了完全不同的人生。弟弟进了乡镇企业，娶妻生女，女儿今年就要大学毕业了。父亲的打鱼手艺，终于彻底没了传人。

而我，也从一个无知干瘦的乡下顽童，最终变成了一个敢于放言在最坏的时代做最好的自己，这个年纪灵魂最接近自己渴望的模样的胖子。

我曾经跟我故乡的同学讨论，他们大多数人发展得非常好，如果我们没有机会上大学，会变成什么样？

同学看着我认真说，不上大学，以你的聪明，或许会成为一个小老板，或者一个企业家，孩子生了好几个，或许，孙子也抱上了——这不是开玩笑，我就有同学当了爷爷奶奶外公外婆的。

我摇摇头。我说，我会跟我的父亲一样，打鱼杀猪种田摸甲鱼，娶妻生子，在江南那个小村里，默默度过自己的一生。

小老板？企业家？别做梦了，连考大学的机会都没有的话，这些一样都不会有，我们还会像小时候那样生活，年复一年，永远修不完的地球，过不完的苦日子……

要知道，高考制度的恢复，是跟这个国家的变革绑在一起的……

成为真正的自己

在今天这个时代，自我建设是一个非常严肃而沉重的话题，至少于我如此。

如何在一个即期功利主义的诱惑面前和威权的管制下，不堕落、不趋恶、不从众，虽千万人也能吾不往矣，依着自己的意志，在螺蛳壳里做好自己的道场，对于一个体面人而言，是一件极其要紧的事。我个人的理解，就是不仅要在职场谨守职业操守，以专业能力服务工作和社会；在个人的日常生活中，也要有自我管理，自我建设，自己的堡垒才不能被攻破，才能拥有自己的灵魂，自己的天地。当然这也是一件非常艰难的事，毕竟，放纵自己享受生活是人的天性。

本文写于 2015 年 5 月，至今读来，并未过时。

——题记

“朱老师，你为什么不出来自己做点事？”“朱老师，为什么记流水账？”“朱老师，读书抄诗有什么用？”“朱老师，建设自己，和改造社会建设新中国之间有什么关系？”

这是这两年我遇到最多关切的四个问题。几乎每次与朋友见面，都会有新朋友问我这四个问题中的至少一个。

第一个问题关乎时尚潮流，也关乎人生选择。

创业，获得风险投资，到纳斯达克去敲钟，是这个社会受过教育的人几乎人人渴望的事，最不济，自己创业了，也会引来瞩目的关怀，因为，这意味着一个潜在的亿万富翁的可能性。

如今赶上我赖以养家糊口的传统媒体业的崩塌，许多同行纷纷被动或主动转行，或创业了。我认识的许多同行和朋友，都借创业的春风，或成了商业巨子，或正在奔向商业巨子的路上，最不济没有获得财务自由，日子也比工作了 26 年的我过得潇洒，而我却始终不为所动，自然让年轻的朋友好奇了。

后面三个问题，关乎我的三项个人生活习惯：一是记日记，我名之曰流水账；二是读书抄诗；三是走路。

在成功学这个核心价值观主导的时代，我生活中的这四项选择，耗时又不能带来即期的利益，可谓是政治很不正确了。

钱是这个社会的王者，是成功的代名词，我也爱钱，但我一直以为钱不是生活中唯一的。

尽管我这辈子恐怕也抵达不了财务自由的境地，但寅吃卯粮的日子应该是无须担心再有了。托改革开放的福，靠自己努力，我也已经能维持一个相对有尊严的普通人的物质生活。所以，对于什么商业模式，什么估值溢价，我不是很感兴趣。年轻时我这一代人没这个机会，错过就错过了，如今快到知天命之年了，我不想把时间浪费在纠结这类问题上，不想像被绑在创业守业的战车上停不下来。我想过自己的日子，找份自己喜欢的工作，或者做点小生意，夫妻相守，上尊父老，下抚幼雏，善待兄友，读读闲书，写写不咸不淡的文章，不惧高堂大屋，能过粗茶淡饭。

这种生活态度确实是政治不正确的。

幸运的是，中国现在也已经进入一个多元时代，人们选择自己的生活，已经开始超越一致性的强迫症。

不过，毕竟成功是时代最大的主题，从国家到个人，都是这个追求，这种追求理所当然，并没有错，我没有这样的追求，其实也没错，只是每个人的人生选择而已。不过在这样的时代大潮里，风过时要不愿意随风飞扬，其实也是一件很不容易的事。要守住不随风而起的生活，不仅要生活的积累，更要有自己的精神世界，套用布罗茨基在1987年诺贝尔文学奖获奖演说的题目，就是要有一张“表情独特的脸庞”——一张“表情独特的脸庞”，是靠精神自治获得的，它不是别人的，不是社会的，是属于他自己的。

佩索阿有首诗，我很喜欢，是韩少功翻译的：

> 你不喜欢的每一天不是你的：
> 你仅仅度过了它。无论你过着什么样的
> 没有喜悦的生活，你都没有生活。

你无须去爱，或者去饮酒或者微笑。
阳光倒映在水坑里
就足够了，如果它令你愉悦。
幸福的人，把他们的欢乐
放在微小的事物里，永远也不会剥夺
属于每一天的、天然的财富。

“你不喜欢的每一天不是你的”，我也是很晚才理解到。真正的人生财富，都是在经历之后才能获得。

经历，就是奋斗，没有奋斗，没有事功的经历，所谓守住自己的生活，只是少年不知愁滋味，为赋新词强说愁。

我过去的追求与这个社会绝大多数人是一样的，社会的追求，也是我的追求，什么年龄做什么样的事，该读书就读书，该谈恋爱就谈恋爱，该结婚生子就结婚生子，该发奋努力就发奋努力，我过去的每一步，都合着社会的节拍，是社会塑造的一类人，是一致性社会的产物。

我一直感到幸运的是，我不仅经历了一致性的时代，也迎来了多元化的时代，在这个时代里，终于可以追求随心所欲不逾矩的生活了。

你的日常生活，就是你的宗教，你的殿宇。

我所喜欢的诗人纪伯伦在他的诗中这样提醒过我，我曾经漠视了。不过，当我惊醒的时候，自小农村困苦生活养成的韧性，给了我很大的帮助。

多年以前，我就开始了记述自己的媒体生涯，就像过去烂账房记账似的，乱七八糟的，大小什么都记，既无头绪，也无重点，啰里啰唆的，只是像水东流一般，只是有先有后而已。虽无起承转合，也无文采飞扬，但所见所闻所得，记录的是一个媒体人日常的挣扎努力，其中有苦涩有欢乐也有愤怒和悲伤，尤其最近这些年，每天必录，每年三四十万字，日常工作生活之外，一项巨大的工程，而流水账，本身成了我生活的一部分。

人生就是一摞流水账。

为什么记流水账？不外乎三个原因：

一是依着吾日三省吾身的圣训，每天检讨自己该做的事是否已做，没做到的又是为什么；二是把自己日常的生活公开化，让朋友监督提醒，以免落水湿身，这不仅是一种自我追求，更是复杂社会的一种自保方式，成为透明人；三是通过流水账般的记录，某种意义上也是一种自我训练，在这一过程中，自己常常会自觉不自觉地对观察思考和文字提出要求，日积月累之后，驾驭文字的能力在无形之中发生了质变。这是开始记流水账时没有想到的。

同样没想到的是，在流水账的基础上，我在2014年出版了两本——《江南旧闻录》，近40万字，而关于往事的回忆，今年也整理了40万字的内容，交给了出版社。可以说，没有流水账，这些可能都不会有。

至于读书抄诗，我把它们视作守住自己同时涵养自己最重要的方法。

我的命运改变，始自识字读书，我的人生底色，也是由读书塑造的。

从上学时像海绵吸水一样读书，到工作后的功利主义阅读，到后来选择阅读自己喜欢的无用之书，书一直是我生活的挚友。

旧说书中自有黄金屋颜如玉，确实没错。阅读让我们永不孤单。这些年沉醉书中的阅读，我知道那里有如画风景，那里有笑靥如花，那里有哀哭痛心，那里有灵魂的交汇，无数相识相遇，无数擦身而过……

可能，这些东西，是上纳斯达克敲钟所不能得到的；这些东西，也是碎片化的心灵鸡汤消费无法理解的。

抄诗，本质上与读书类似。我一直认为，读书是个人化的事，而诗歌是所有阅读中最个人的，最不易一致的。布罗茨基曾经说过，一个阅读诗歌的人比不阅读诗歌的人更难战胜，因为诗歌更接近灵魂的声音。

与读书不太一样的是，年轻的时候我就抄过不少诗，但后来时断时续，直到 2013 年下半年才算正式开始。如今我坚持到每年抄读千首诗，今年已是第三个年头了。

走路跑步，如今是都市有闲阶层新的生活方式。不过，我开始在都市里暴走的时候，这个尚未成为时尚生活。跟有闲阶层的时尚新生活不一样，只要天好，我都坚持走，一个人，在绿荫遮盖的公园，在烈日闪耀的马路上，在乡间小路上，在不同的城市乡村，用脚丈量着土地。我给自己定的目标是，每年不低于 1200 公里，里程加起来从北京每年铺一条回故乡的路。

不仅如此，我还冠之以一个口号，建设自己，就是改造社会，就是建设新中国。

许多人不理解，后来我的媒体同行老大哥杨锦麟一语点破我内心的隐秘。我想，像我们这样的人，活得时间越长，对我们的社会越有价值，这个价值不适合成功学的逻辑，但符合我的逻辑。布罗茨基说过，“我认为，与一个没读过狄更斯的人相比，一个读过狄更斯的人就更难为着任何一种思想学说而向自己的同类开枪……”

我并不能做到心如止水，我也不喜欢黄老之道，但读书、抄诗、走路，加上喝酒会友，这些我的日常生活，也是世俗生活的一种，或许都是无用之事，但若能以无用而终老，也是不枉自己的选择。

幸运的是，这些年的坚持，我的身体和精神状态都有了巨大的改变，让我的朋友们都有些惊讶。而我在开始的时候，并没有去想今天会有什么收获。

这是世俗社会的另一种坚持，另一种反抗，另一种建设，自己的精神世界越来越是自己的了。这才是真正的与众不同的自己。

我同样感到高兴的是，这些年跟我一起记流水账、读书抄诗和走路的朋友，越来越多了。

用创造对抗破坏，尽管规模很寒碜，但终究有所作为。这也是中国人讲的，跬而不休，跛鳖千里。

一切都在坚持中。

春节回家还需要理由吗

浩浩荡荡的春运大军已经上路，它的前锋部队已然归家卸甲，喝起了庆功酒；它的中军正拥堵在途中，北京拥挤得最惨无人道的四号线地铁车厢里，虽然不乏大包小包者，但明显空了许多，本来就不好打车的北京如今更难打到车了；而春运殿后的部队，这两天也会陆续拔营起寨。过两天，北京就会上演一出“空城计”。

有年轻的朋友问我，一些人在外打工，好不容易挣点钱，千里骑摩托车返乡，路上花销，其实比买火车甚至飞机票还贵，这值得吗？回家之后，天天喝酒打牌，一年的积蓄，一个春节剩不下多少，这样回去过春节，值得吗？

值得。对于在外工作的人来说，春节回家，当然值得。2006 年，我在接受《瞭望东方周刊》记者采访时坦承，对于我来说，回家是一种价值判断，而非经济判断。2011 年，我自己写文章时，再次强调了这个观点，至今虽然回家次数比过去频密，但春节回家的观念，不仅未有改变，反而更加坚定。

对于年轻朋友的疑惑，依据我与打工者有限接触的经验，打工青年骑摩托车千里返乡，与我们今天开车返乡心理是同构的。一来春运期间车票机票一票难求，对于我来说，每年春节要搞到往返的车票，也是非常头疼的事，而开车或骑车回乡，省却了购票这个麻烦；二来开车回家，对于至今仍在乡下生活的家人和村里人来说，多少有些衣锦荣归的意味。我们开车回家如此，在东部南部地区打工开摩托车回家的中西部青年也是如此，更何况，无论是汽车还是摩托车，在家里也是个有用的交通工具。杨白劳家徒四壁，过年还要给喜儿买根红头绳呢，何况现代人！

这是一种对自我奋斗价值的自我期许自我肯定，也有社会学社会心理学基础，锦衣玉食的城里人很难理解这一点。

至于回家之后，天天吃吃喝喝，打牌赌钱，也是很容易理解的。在外工作的人平常可能连做梦都在算计，如何获得成功，一年到头，四处奔波，其实目的很简单，就是希望让自己生活得有保障快乐幸福，但是，这种要求也常常不能达到。所以，无论你是精英还是底层，无论你贫穷还是富贵，无论你位子是多大高官，在多大企业工作有多牛，跟其他所有人一样，都缺少安全感幸福感。

不过，与城市有产阶级白领下班后释放自己不同，底层人民的幸福就是，一年到头来在理性规制下战战兢兢工作，但过年时却可以抛却理性，抛却平素盘算的一切，放纵自己。因为这是在家里，是自己的城堡，自己的天地，不再需要看人脸色，更何况，家里还有盼归的父母孩子，怎能不回家！

回家，其实是一种天生的自我调剂自我疗伤之道，同时也是为未来继续外出打拼种下理由。

即便是我，过年回家，也是自我放纵的最好借口。只要在北京，哪怕是放假，拥挤的交通，熙攘的人群，被工作追赶的生活，每天接触各种可怕的信息，都无法让我真正放松，更谈不上放纵。

但是，一回到家回到父母身边，哪怕我已近天命之年，还有理由像个孩子，天天睡懒觉不起床，直到太阳晒屁股，父母叫我起来；也有理由笼着双手，四处闲逛与人闲聊，也才有理由不去接触各种令我厌倦的信息，因为我在过年休假；也只有过年，才能真正有理由跟兄弟朋友一醉方休，管他东西南北中——即使真醉了，年迈的父母也是怜爱地说，过年嘛，难得。

过年，在故乡，甚至连中国心最狠的债权人，如果大年三十晚上 12 点前追不回债，新年也不能上门追债，纵使在法律上你有千般理由，但在乡村文化的传统中，这却是公认的至今未破的规矩。

演变到今天，过年的方式多元了，有人选择出门旅行，有人选择宅家休整，而我总是愿意和那些哪怕千里迢迢骑车也要回去的打工青年一样，依然会选择回家。

所以，当别人奚落我是农民土鳖，这么喜欢回家过年时，我总是笑笑，心里却有着一种自我满足的得意：钱穆老先生说过，老人旧屋，中国人谓之福气。有家可回，那才是福气。这也说明，我知道自己从哪里来的，我的根在哪。

当然，被人说农民土鳖，我一点也不生气。春节过年本来就是农业社会的传统习俗，如今被工业化现代化霸权摧残得日渐凋零，所有传统春节的象征性载体，如今大致被摧毁殆尽，只剩下吃喝串门才被许可了——不，估计过两年，连吃喝都要受限了，现在已经有苗头了。

压根儿不知道春节意义的现代社会的城里人，用他们政治的资本及城市的霸权，试图形塑重构春节，他们正在向成功逼近，但至少在我这里，他们永无成功的可能。

或许，作为顽强的守旧者，能够陪着这种习俗一起衰亡，也是一种福气。

我们为什么失去了爱的表达能力

“我们家朱学东吝啬得很，要从他嘴里吐出赞美来，太难了，他老怕我们骄傲。”

结婚这么多年来，我家太座总是向朋友控诉我的“罪过”，而我总是反击说，那叫含蓄，说白了，多没意思。

中国人含蓄，不习惯直白地表达爱与赞美，讲究意不直叙情不表露，情意常隐在犹抱琵琶半遮面的引而不发里，言说者有意，倾听者心领神会。所以，相知意会多于言说。

常有人说这是中国的文化传统，夸奖之意溢于言表。

后来我学识渐长，渐渐明白，其实在这种所谓含蓄的文化传统浸淫下，知己所托，不过寥寥而已。含蓄治下，周围他人，皆与己无涉，于是美好的生活开始失色，明珠暗投有眼无珠的怨恨情绪开始生长弥漫，并反噬人们的心灵。

于是，脸色阴郁苦大仇深者日众，并逐渐从社会影响到家庭生活。而欢愉明快，则似乎永远只有少不更事的孩提时代才配享有。

其实，所谓含蓄的文化传统，是很晚才完全统治了中国人的心灵。历史上的中国人，不仅有含蓄的表达，看到美好的东西也会毫不羞涩地高声赞美，表达爱慕之意。

读《诗经》，第一篇《周南·关雎》即唱：

关关雎鸠，在河之洲。窈窕淑女，君子好逑。
参差荇菜，左右流之。窈窕淑女，寤寐求之。
求之不得，寤寐思服。悠哉悠哉，辗转反侧。
参差荇菜，左右采之。窈窕淑女，琴瑟友之。
参差荇菜，左右芼之。窈窕淑女，钟鼓乐之。

发自内心赤裸裸的赞美与表白，毫无今人所言之规矩礼数，哪里有一点含蓄！

《诗经》十五国风里，这种坦诚甚至在今人看来有些鲁莽的表白，比比皆是。所以，孔夫子才说，诗三百，一言以蔽之，思无邪。

思无邪，爱无过。赞美并热烈追求所有美好的东西，水、草、藤蔓、美人、君子……这合乎人之天性的宣泄，也是我们古老的传统。

然而，这种高声赞美美好的天性和传统，却被后世俗儒和皇权政治一步步扼杀掉了。

渐渐地，礼教开始规制人们的生活，从政治到家庭生活的细节，无一处不在礼教和权力的教化干涉之下。几经反复之后，人们被迫开始规整自己的天性，掩饰自己的内心，直白的高歌赞美被含蓄内敛的曲笔取代，激情渐渐被芟夷，冲动渐渐被阉割，只有在勾栏酒肆里，才有敢爱敢恨的古风，只有在对山水的歌吟中，我们才能听闻到古老赞美传统的遗音。

也正因此，那些勾栏酒肆中敢爱敢恨的故事，在这个文明教化悠久的国度，才更令人倾慕，也才更独特。

现代生活中，吝啬赞美让生活再次失去了原本就不多的光泽。人们脸色凝重一脸疲惫地匆忙往返于不同的角落，对美好的东西视而不见。所有的一切都是如数学公式般计算好的，同事之间尤其是陌生人之间，赞美与爱的表白，总是让人生疑，似是别有用心。甚至，连亲朋之间，也因为工作的压力，而让爱的表白成了稀缺品，相互怨恨相互挤兑甚至成了相爱的人情感表达的一种方式，自然也造成了许多误解，错失了许多美好的事物——就像我家的那些小故事。

我们走得太快了，太累了，对世界上美好的风景都熟视无睹。

可没有了公开的赞美，激情就不能宣泄，被压抑于心田，郁积之后，憋屈的不仅是自己，影响的还有他人。在这种相互的压抑表达中，我们越来越不会表达爱意和赞美了，而生活也让人感到越来越压抑难耐了。

在重新抄读《诗经》的过程中，在重新观赏欧美的那些经典影视作品中，我突然间明白，我们的生活不仅需要含蓄，更需要对美好事物和情感直接明了地赞美，才能拂去人们心上的灰尘，渐渐释放开猜疑和敌意，脸色渐渐明朗起来，相互间才有更多温暖的关怀和赞美。

就让我们像《金色池塘》里讲述的那样，从欣赏和赞美身边的亲人开始，逐渐扩展至朋友同事，赞美与爱的表达就会成为扔进平静湖水的一粒石子，涟漪波动，影响更多的人。

陌生人哟，
假使你偶然走过我的身边，并愿意和我说话，
你为什么不和我说话呢？
我又为什么不和你说话呢？

——沃尔特·惠特曼：《给你》

即便在与人擦肩而过时，我们放慢脚步，微微一笑，或者点一下头致意，或许，一个眼神，一个微笑，一个点头，就能暖人心。

某种意义上，这也是对我们紧张冷酷生活的一种反抗。

或许，生活的改变就在这坦诚的赞美与微微一笑中。

在悲情尘世，做一个欢乐的人

你要保守心，胜过保守一切，

因为一生的效果，是由心发出。

——《圣经·箴言》第4章第23节

不要过于伤感，关键是

不要掩藏。哦，不！

为了让同时代人明白，

诗人将自己彻底敞开。

——阿赫玛托娃：《读者》

不知不觉，今天我入职《新京报》整整两年了（注：原文写于2016年12月15日）。

在《新京报》这两年，恰逢一切都是变化莫测的重塑时代，一个看惯了花开花落云聚云散，看多了起高楼宴宾朋楼台塌猢狲散的人，又是一个顽固的榆木疙瘩脑袋不愿一切迅速转变为便宜行事的人，坚守自己价值判断同时转身适应的挑战其实还是很大的。

别说咱们不成，咱们虽已白发苍苍，也要唱支轻快的歌曲。

两年前，我履新《新京报》满月的时候，曾经引用过惠特曼的这句诗来自勉。两年后回望身后，倒是觉得没有辱没我喜欢的惠特曼的这句诗，无论面对何种挑战。

与在社交媒体上经常表现出来的激愤色彩不同，我在报社的表现也算是一个奇葩——就像我喜欢发的那些自个儿的丑照，永远是笑嘻嘻的，那么开心。最典型的是2015年年度报社中层以上的总结大会上，我的总结引发全场不断地爆笑，把一个严肃的考评总结讲得就像开联欢会似的。

幸好报社没有人说我是笑面虎。

王跃春说，朱学东你就像个开心果啊。我的同事小朱则说要和同事一起把我像"熊猫"一样地供起来——熊猫是什么概念？我没问小朱，但从她们几个说起这个抑制不住的笑意来看，不是古老稀有憨态可掬的"国宝"，起码也是类似的"社宝""书评宝"呗。

当然，在一定程度上风格较沉稳严肃的《新京报》，我这样的看起来没心没肺似的喜笑颜开的德行和胖脸确实也是罕见。

但欢乐是发自内心的。

就像我入职《新京报》之前，老戴跟我说的，《新京报》不会辱没我。两年来，身在其中，我是真正地与有荣焉。就像年初在2015年年度总结时，我对报社各个业务部门的感谢，因为他们的努力，他们的成绩，我所负责的工作才能做好。而两年来，我是实实在在看到了这种努力，那种愈挫愈勇的精神，那种对专业能力和职业精神的追求。

两年来，我也看到了许多新人的成长。我入职第一天，在电梯里遇上的当时还是实习生的摄影部彭子洋，他跟我打招呼，说是我粉丝，很高兴能在报社看到我。如今，他已经是一名出色的摄影记者，重大突发事件现场，天津爆炸、华北枯井救援等，都有他的身影；当然还有许多其他的年轻人，像罗婷，天津爆炸时见到太平间尸体的时候不住发抖的小姑娘，如今已经是《新京报》的主力记者，他们的努力，他们的成长，让我更多看到的是后继有人，看到的是希望，看到的是精神追求的一代代延续。怎么能不开心？

至于报社那些经常和我一起开会的年长些的同事，对价值追求有共鸣，对业务能专注，人际关系单纯，就像我当年操盘《中国周刊》时的编辑部团队，特别适合我这种不睬公司政治的傻瓜。怎么能不开心？

2015年起，我兼任了《新京报》书评的主编，与我做同事的小姑娘们，个个读书多且精深，和她们一起做同事，要做好，其实是有巨大压力的。不过，正是这种压力，让我个人在年近天命的时候，却依然感觉到了长足的进步。蓬生麻中，不扶自直，五十岁的人，还有这种感慨，怎么能不开心？更有一点，在书评编辑部，通过阅读和对话交流得到砥砺的我个人的精神世界，更加丰满。

尽管百般不愿，满头白发的时候，我还是开始轮值夜班。但是，只要看到同事做出的好报道，总会非常高兴，觉得不枉白头熬夜，而我，也愿意在个人朋友圈微博上，与朋友分享同事的好作品。怎么会不高兴？

当然，高兴、嬉皮笑脸，并不会影响我对业务严肃谨慎的专业要求和职业态度。

但是，单位本身只是个小小的空间，在更大的空间里，充盈的，并不是让人高兴的事。

因为做媒体，因为在社交媒体上比较活跃，个人所接触的信息庞杂混乱，看到的深渊里的黑暗残酷，尤其多，常常超越人世间的想象力，但却常常只能扼腕叹息，无能为力。所以，只好从社会分工的角度，以做好自己的工作，就是对社会最大的贡献来逃避，来自我安慰。

而尘世的悲情，见多了，无能为力的次数多了，容易麻木，容易自我解构，最终陷入绝望而自我沉沦。

为什么在悲情的尘世，我依然要坚持做一个欢乐的人？

“你要保守心，胜过保守一切，因为一生的效果，是由心发出。”我说过，可以悲伤愤怒，但不能绝望。保有欢乐的心欢乐的生活，你不会被绝望的痛苦压倒，就可能保持战胜一切的力量。

面对悲情的尘世，欢乐就是一种生活的韧性的抵抗，它能让我们在黑暗中拥有健康的心智，保持对光明的渴望，就像帕斯捷尔纳克把苦难当成幸福的历练一样。

同样，欢乐是一种不可战胜的信念，会感染我们身边的人，给我们所爱的人，我们的朋友以及我们周边的人，以宽慰，以希望。

一个在辈情中都能够获得欢乐并与他人分享的人，在这个时代，更难被征服，被战胜。

欢乐英雄，有你看不到的悲伤

前些日子，一位祖籍辽宁的朋友，陪我在杭州飞来峰下小走，看郁郁葱葱，听潺潺流水，本是美景当前，我却莫名地伤感起来。虽未起黄景仁燕笋刀鱼之思，也没有张季鹰鲈鱼莼菜之想，但是，南归之念却突然再次莫名强烈起来，就在南方深秋初冬的景色里。

晚上跟朋友说，当时行走在苍翠中的我，突然想，应该在《悲情尘世，做一个欢乐的人》之后，再续写一篇《欢乐英雄，脸上有看不到的悲伤》……你我都有。

《在悲情尘世，做一个欢乐的人》，是我在《新京报》工作两周年之际写的一篇小文章，这篇文章的叙说，自是发自内心。我的日常生活、日常工作，正如文中所言，永远充溢着欢乐，即便面对悲伤和愤怒。

日常生活中，面对社会，面对同事，面对朋友，面对家人，欢乐坚强是一种真心外露。但是，人内心深处，总有别人永远难以触碰到的隐秘角落，即便是最亲近的人。

这个隐秘的角落，就像认识论里以有涯逐那永远无法抵达的无涯——如果无涯消失，认识的使命也就终结，思维的意义也就消失，生命也就毫无价值。

人内心深处那个隐秘的角落，到底潜藏着什么，如何运转通常连我自个也不知道。但它时不时会冒出来，左右一个人的思想、情感和行为。

一个直面过人世许多悲伤愤怒的人，虽然坚强面对嘻哈行世，并不等于他的悲伤愤怒被化解被抛弃，我也做不到。只不过，那些悲伤愤怒，为理性所左右，而沉潜起来，许多被传输到了内心隐秘的角落积聚。或许可以这样猜测，像我这样性格的人，欢乐越多，内心积郁的黑暗悲伤等黑色情绪越厚。只是因为经过严格训练的理性精神，成了人们思想情感行为的守门人，让内心深处的黑暗和悲伤，无从溢出。

就像歌词里唱的，“把我的悲伤留给自己”“我的欢乐让你带走”。尽管这个欢乐同样发自内心，而不是强颜欢笑。

但是，受过训练的理性守门人，也会有放松懈怠偷懒的时候。这个时候，那沉潜在内心隐秘角落的东西，无论是黑暗还是悲伤，那种黑色情绪，就会悄然滋长蔓延，最后越过理性的防线，左右思想情感，甚至行为。

同样坚强达观的朋友其实也有我类似的感觉，她跟我说，“经常在独自回家的路上，被突如其来的疲惫和沮丧击中，只能裹着衣服坐在路边，像城市中任何一个疲惫的归人。那样的时刻，没有信望，只有泪水”。

乐观坚强如我，也常常会有朋友说的这种突如其来的情绪，在陌生的人群中，就想直接坐下躺下，放下一切——反正熙攘人海，都是疲惫之人，没人在意。而午夜独坐书房，也常会有此种心情。当然没有泪水，男儿有泪不轻弹嘛。

很多年前，我读古龙武侠小说《大人物》，里边有一个人物，给我留下非常深的印象，这个人物形象，我常用他来作比。这个人物角色，叫秦歌。

小说里的秦歌，一战成名，在别人眼中，就是大人物，大英雄，人前永远是鲜衣怒马红巾快刀的英雄形象。但其实他也常有囊中羞涩时乖命蹇时，光鲜亮丽的形象背后，也常有醉卧偏僻角落干涸沟中，只是从不为外人知晓。第二天醒来，爬起来，整整衣衫，扯扯红巾，抹掉人家看不见的悲伤忧郁，又是一条英雄好汉行走江湖。

大英雄也有不为人知的难堪时，更何况我等普通人，喜怒哀乐自是人之常情。但是，当我独自一人与书中贤哲的灵魂相遇倾听他们并互致问候时，或者用手指敲击键盘独自倾诉内心思绪时，或者与家人亲密交谈或与精神上能够交流的朋友互相砥砺时，那孤独悲伤黑暗的情绪，大多会悄然隐去，由着它们在隐秘的角落自我整理，而第二天，在世人面前的，又是一个坚强欢乐的人，丝毫看不出黑色情绪的折磨摧残。

或许，这是生活的本真吧。

悲伤与欢乐，本就是我们生活的一体两面，是我们不可或缺的情绪、情感。因为它们，我们才能成为一个丰富复杂有人味儿的人。

关于我，朱学东的二三事

××是我的一位女同学，现居美国，今年春节微信聊及一些问题，我应邀谈了谈我大学毕业以来的学习工作生活状态。这封信就是对我过去生活的粗略描摹，非常诚恳。因为前段时间常常背锅，不胜其扰。于是想起了这封信。信是私人的非官方的，发布虽未经××同学同意，但因为是我自己的叙述，且隐去了几个不方便透露的名字，倒也觉得无所谓。这封通过微信发出的邮件，也有助于不认识的朋友认识我，认识文字背后的朱学东到底是一个什么样的人。

——题记

谢谢××，谢谢你的信任。

因为没带自己的电脑，其他人的电脑操作起来颇多麻烦，只好在手机上向你介绍一下我的生活和我对世界的理解。

一、我的大学生活

我故乡在江苏武进，今属常州。农业社会也曾是物华天宝之地，我出生的小村庄，当时才 14 户人家，但教师甚多。我上大学时北大哲学系主任朱德生，便是同村同宗。

我上大学时，如果考南大，可以参加推荐，加 20 分，但我拒绝了。当时我的高考成绩可以进任何一所高校。我们那时是在不知道分数情况下填报志愿的，我填了人大，所以我们就成了同学。

大学时代的我，性格比较内向，跟女同学交流接触甚少，跟外班的女同学来往更少。不过倒也没有你说的闷闷不乐。与大家接触交流少，主要还是因为自卑。

我后来检讨过去的人生经历，觉得这种自卑心理，主要来自两个方面：一是来自农村，见识太少，过去对世界的认知主要囿于父母师长，辅之以一些小说。我到高二才有第一次坐汽车的经历，坐汽车进城，走了二十多公里回家的。挺傻的，找不到车站，也舍不得花钱。上大学进了大城市，普通话也说不连贯，这种自卑心理才完全呈现出来。比如，遇上师兄师姐们谈朋友，第一个躲开的总是我。

第二，经济拮据。虽说我上大学时，老家经济开始好转，但还是比较艰苦，我很体谅父母的不易，舍不得浪费钱。大学时期，学习之外，参加各种活动，包括谈朋友，都需要钱，我只能尽力约束自己，把花费控制在父母给的范围里。这在一定程度上加剧了我的自卑心理。

加之我个头矮小瘦弱（不知你是否还有印象，呵呵），同样会加剧那种自卑心理。

但是，这种自卑，另一方面也产生了一种自尊和自傲。就像我拒绝上南大，希望远离熟人世界，自己掌握自己的命运一样。

我中学时期读小说很多。读书量在我们同学中称霸，也未必会少于大城市的同学。当时跟孙双平一聊，他说是甘肃庄浪的，我脱口而出“麦客”（20 世纪 80 年代一部有名的小说，写的就是庄浪故事），这也成了我大学四年和孙同学友谊的基础。

自卑产生的自傲自尊，让我不会像其他几个同学那样主动去接触女同学，也不会轻易以别人的评价作为自己价值判断的基础，直到今天，依然如此，我行我素。

所以，我与陌生的同学，与女同学，至今保持着一定的距离。这种距离感，是一种复杂的矛盾的心态造成的。

但是，在熟人世界，比如我们宿舍，我的老乡圈里，我是比较活跃的。

与同学尤其是女同学保持距离的同时，我自己打发时间的主要方式，就是读小说。大学四年，还是读了不少乱七八糟的书。这种书不能构建学术基础，却在无形中形塑了我的人格，影响一直到今天。（大学毕业 20 年时，我曾写过一篇文章——《我的大学》，表达了对大学生活的感激，不知你是否读过。）

二、我的家庭

虽是农村出生，我父母家教甚严，兼之前述的自卑自尊，我自己在社会交往中颇为拘谨，以至大学时代从未谈过恋爱。

大学毕业后，因留在北京，与留在北京的几位女同学交往多了，但她们都有对象，我们只是同学。我个人对同学老乡关系比较重视，这是种保守的传统，直到今天也是如此。就像即便对同学有不同看法，我也会尽力保持克制，极力维系这种关系。因为茫茫人海相遇，颇为不易。

我大学毕业后的第一份工作，在北京印刷学院教马列。工作之后我对于社会有了新的认识，对这种刻板的广播式教学工作不喜欢，在学校里成了一个令领导头疼的“刺头”，迥异于大学时代的拘谨。

但是，在社会交往中，我依然拘谨。我的女同事们觉得我人品不错，总是喜欢给我介绍对象，但我都拒绝了。直到我同事里一个好朋友给我介绍我现在的太太谷丽影。

我太太是老北京，出生于一个小市民家庭，祖上曾是满族，家里老规矩甚多。我太太读书的大学是一个非正规的大专——干部教育学院，刚认识时她对我也挺有些意见（她不喜欢戴眼镜的人，呵呵），因为是介绍相识，婚姻的目的性明确，我一开始跟她交往，就说得非常明确：相互尊重各自的社会关系。我非常明白地告诉她，我出生在农村，父母兄弟及生活习惯和北方有太多的不同，尊重他们，就是尊重我。能做到，就交往下去，做不到，就当偶遇，不浪费时间。

太太接受了我的要求。我们继续交往，半年后因单位最后一次分房，我们俩结婚了。婚礼非常简单，至今我太太生气时偶有抱怨，我则会回说谁让你愿意呢?

太太脾气和我一样暴躁，甚至比我还差，所以我和太太的婚姻生活，如同所有普通家庭，有争执，甚至还挺激烈，但床头打架床尾和，我们的婚姻生活也算恩爱，这跟我太太也比较传统有关——我太太结婚前喜欢唱歌跳舞，自嫁给我后，因我不喜欢，她主动放弃了，我很惭愧。当然也跟我读书越来越多心态越来越平和有关——早些年工作中常在河边走，却从未湿过鞋，也是很少见的自我克制。但我也是觉得对太太颇多歉疚，因为我不是赚大钱的人，无法给她提供更好的物质生活条件。但太太从不抱怨。

结婚10年时，我们有了一个女儿，如今12岁，个子比我还高。

太太原来在《时尚》杂志工作，有了孩子后辞职，后来开了个茶叶店。我忙于工作时，太太帮我固住了一个稳定的后院，上敬父母，下抚幼稚，友对我的兄弟同学，算得上贤妻良母。

我很感激。结婚20年时，我写了一篇《合法婚姻》，讲述了我与太太的故事，这篇文章流传甚广。

三、我的工作

二十多年来，我换工作甚频。第一份工作是马列主义助教讲师。1994年中国第一次公开招考中央国家机关公务员，我成了新闻出版署的公务员，后来当了领导秘书。2000 年主动离开机关，到一个企业去做一份炒股票报纸的副总，但不甚开心。2003 年回新闻出版署系统做一本行业杂志，这本杂志确立了我在传媒行业最初的专业声望。

这本杂志凝聚了我特别的心血，也是我个人才华在市场环境里的第一次全面体现。我女儿出生时，我一边在医院看护，一边做着创刊号的校对工作。

但是，我恃才傲物自傲倔强的性格，最终让我陷于公司政治中，就像你拒绝你导师一样。我写了一张小纸条，说自此辞去一切公职和职务，立即走人。

后来许多人很奇怪我为何如此决绝，说我这样的性格怎么能够给领导当秘书呢，但我就这样，当秘书领导还挺满意。

辞去公职后，我在家带了四个月孩子，开始在互联网上写东西，主要是传媒行业的观察思考。这也为我在这个行业累积了声望。

2004 年 3 月，我进入了一家市场研究公司，从事媒体消费市场研究，这些经历，让我在媒体行业，拥有了非常特别的优势：熟悉政策、熟悉出版编辑流程、熟悉经营业务、熟悉第三方研究，没有第二个人有这样的经历和机会，当然，恐怕也没有第二个人像我一样努力。

正是这种努力，让我抓住了去《南风窗》——当时中国最好的杂志——当总编的机会，2006 年 7 月到 2008 年 12 月，我把曾经陷于内斗跌入底部的《南风窗》拉抬了上来，也为自己赢得了尊严，自己也受益匪浅，尤其在思想层面以及媒体操作层面。

我后来离开《南风窗》，也跟内部情况有关，但此时我已非吴下阿蒙，我主动选择离开，还能与所有故旧保持良好的关系。

2009年我本想稍事休息，但朋友找上我，做一本新杂志《中国周刊》，让我操盘内容。我动心了，像以往一样全力以赴。

《中国周刊》是我的滑铁卢，虽然我只给它的内容打了65分，但我告诉我的同事，这本杂志可以跟任何中国一线杂志比，将来无论你们到哪儿工作，都会非常出色。

当年离开《中国周刊》后，我在家歇了一年，带带孩子，出去看看，读读书，写写文章，挣些养家的费用，倒也过得逍遥自得。

因为野狐成禅，南京大学向我发出邀约，我本意去，但最终选择了《新京报》。

在《新京报》一年来，因为价值观认同，我过得还是挺开心的，做好工作恪尽职守之外，不断阅读写作，有了小小的爆发。这种爆发，或许就跟平时那种非功利性的努力有莫大关系，所谓厚积后发。

因为做媒体，接触的人多，看见的社会也复杂。我努力借助社交平台传播我自己的思考，关于政治，关于专业，关于生活，等等，我觉得改变这个社会自己有责任——我希望自己的家人能够生活在一个美好的世界里，这是他们的权利，也是我们的责任。

就像鲁迅在《我们现在怎么做父亲》里说的："背起因袭的重负，肩起黑暗的闸门，放他们去宽阔光明的地方，此后合理地度日，幸福地做人。"这也是我不停言说的初衷，也是我走路锻炼、抄诗读书这些自我涵养的初衷。

四、关于社交媒体

关于微信微博，我被拉进许多群，现在的工作交流也多是在群里。一些朋友同学拉我进群，我不退群，以免尴尬——毕竟我们是社会动物，但不发言，因为没时间闲扯。要保持自己的生活不受干扰，我的方法就是把微信的声音关掉了，平常除了工作业务群，其他不看，直接删除对话记录。

我自己写或发，完全基于自己的有感而发，我很少参加讨论。因为社交媒体的讨论，缺乏逻辑，缺乏基础。所以，只是发，别人爱评不评，爱看不看，只要自己喜欢，不受左右。我把这个，也当成是对自己的一种磨炼，想明白了，就不痛苦，无所谓。我们不是有自己的生活嘛，对吧？

喋喋不休这么多，不好意思。回国来若有时间，我请你们吃饭喝茶聊天。我有好茶啊，呵呵。

五、关于写作

我喜欢写文章。当公务员时公文写作水平很高，很受欢迎。但这种稿子，与我个人写作毫无关系，都是应景之作。

离开机关后，我努力开始扭转文风，2003 年起始有显露，如今完全形成了自己的风格。

我的个人写作，目前在国内，只要我答应，也应该是一个很好的专栏作者，无论是媒体行业，还是时事评论、美酒美食，乃至书评及故乡旧闻，都是一把好手。

做《中国周刊》时，我写过一些流传较广的评论文字。如今写时事评论很少了，偶尔为之，有些意兴阑珊了。

传统媒体行业的观察思考，如今我仍是当之无愧的第一健笔。

喝酒美食的文字，写得不多，但自觉也很不错。很自恋吧，呵呵。

关于故乡的文字，2013 年前我是零碎写写，发于博客。2013 年开始系统回忆，虽然都是草草而就，发于博客，竟赢得了许多有类似生活的人的共鸣。2014 年结集两本《江南旧闻录》，让我在故乡赢得了比媒体总编更高的声望。因为我重构了两代人的集体记忆。这套书，未来会成为研究江南生活的重要资料。今年会出第三本。

我个人这些年追忆过去的生活，也写了不少大时代背景下生活的小事，自己的成长史，我总名之为往事追忆录系列，出版社编辑要了过去，大约 40 万字，准备以事和人为主题分两本分别出版。

2014 年开始专注于写读书笔记，最初随写随发于博客，竟也颇有收获，如今已成为小有名气的非职业书评人，推荐的书目，也颇受人追捧。

这些年所写书评，大约 20 万字，会在今年出版。

现在，我主要写江南旧闻、美酒美食、我与书的故事、书评、与女儿的对话等。

当然每天还记流水账，以对抗老去的记忆力，呵呵。

这些文章，借助互联网和社交媒体的扩散，让我也有了许多追读者，我们大学同学中就有许多人是我的读者。

关于饥荒，我是 2014 年才知道我故乡也曾饿死人。那年开始做些访谈。不过目前暂时中断着。

文章千古事。如今所有文字，皆自内心，没一点伪饰，我想“诚恳”两字，应该是我赢得读者朋友的关键。

我这些年的情况大致如此。我们国内的同学每年皆聚，相对了解多些。

第三编

怀旧党

合法婚姻

今晚，我推掉了所有邀约。

我向朋友们宣告，今天于我，是一个特别的日子，我跟我家太座结秦晋之好整整 20 年!

20 年前的今日，我与我的初恋女友、亦即如今我家太座在北京大兴民政局扯了张结婚证，开始了自己的婚姻之旅。

20 年弹指一挥间，我们俩白了少年头，胖了少年体，其间难免磕磕绊绊。好在上天眷顾，自我努力，我们俩风雨同舟，相互扶持，迈过了南北习俗鸿沟，挡住各种世俗诱惑，上敬父老，下抚幼稚，善待友亲，慎重职业，克勤克俭。在这个越来越逐利的社会里，一路走来，平凡却真实地过着自己的生活。

一、婚前

我和我家太座的婚姻，从没有“山无棱江水为竭”的盟誓，两张盖着北京市大兴县人民政府印章的简陋文书，便把我们俩拴在了一起，开始了全新且漫长的人生。

我和太座的相识，属于传统的一类，虽非父母包办，也全凭媒妁之言。

彼时我在大兴的北京印刷学院教着马列主义，我的同事刘君是我老大哥，受我的同事、我家太座的小姨夫夫妇之托，甘做牵线的月老。

我和太座初识那一天，是1992年季冬，北京正好狂风大作，沙尘弥漫。我参加完同学聚会，到长安商场买了台惠普双卡收录机，赶回大兴到刘家蹭饭，头发乱糟糟的，正埋头喝棒子粥，太座和她小姨进来。后来打招呼时，我浓重的南方口音也让太座吃了一惊。

初次见面，太座对我印象有些不佳，头发乱糟糟不整洁，大咧咧没礼貌，语速快口音重，还戴副眼镜装有文化！

相识之后，在刘君和太座亲友的连哄带骗下，我们开始交往。第一次单独见面，我便开宗明义，跟太座提出，我是乡下出来的人，若能尊重我和我的社会关系，我们便试着交往，若不能，则权当没这回事。当然，尊重是相互的。

太座允诺。

随后，我们一周见一次，不是在太座小姨家就是在刘君家蹭饭，吃完饭便在黄村印刷学院附近轧马路。便慢慢地相熟起来。

两个多月后，我骑车带着太座送她回家，她突然间抱住我腰，哎哟妈哟，我车把一晃，心想，还是北京女子胆大啊。后来我和太座提起往事，常相互取笑。

1993年季春，我已经拜见过太座的家长了。我约了我中学时期的好友陈君到大兴印刷学院一聚，吃完中饭之后，我们仨在我宿舍里聊天，不顾太座在侧，我和陈君用常州话聊起来。

陈君问，真想好了，决定了?

决定了，我回答。

那你就不要后悔，陈君说。

当然。“季布无二诺，侯嬴重一言”，这既是父亲言传身教，也是自己读书所得。

后来太座气哼哼跟我和陈君说，你们也太目中无人了，我明知你们用我听不懂的方言对我评头论足，还得赔笑脸，简直太气人了。

结果是，婚后每年春节太座跟我回常州，虽然不能说多少句，却能听懂大意了。

学校说下半年要分房，其时房源已经比较紧张了，在同事和周围朋友的催促下，我们于1993年7月16日领取了结婚证。

分到房已是1994年春天了。婚后无房的那段日子，大舅哥帮我们在当时黄村的郊区租了两间小房子，粉刷一新，便当作了婚房。

太座祖上是满族人，与达官贵人也有些渊源，虽然后来归化，家道中落，但家里礼数规矩颇多。婚礼前，岳父大人问我，准备怎么接新娘啊。我呢喃，岳父说，你总不能用自行车把谷丽影（太座大名）驮走吧？

我后来跑去租了辆跑公主坟和黄村的比较新的中巴，权当婚车，还让江阴师傅给我做了身西装。10月30日，我在黄村一家饭店摆了三桌，两桌是太座家亲友（人太多，为照顾我，大多没请，婚后岳母带着我们去一一拜访她们家的诸多亲戚），一桌是给我撑场面打气的同事，他们还分兼摄像、摄影、伴郎、放爆竹等职。晚上我又请了同事一桌，等到第二周，请了我同乡一桌，也算是男女各方主要社会关系一一照顾到了。

二、婚后

婚后的生活一如平凡的世界。

都是鸡毛蒜皮的事，没有什么文学作品的浪漫故事。更何况我们俩南北生活习惯鸿沟巨大。

太座在认识我之前，几乎不吃猪肉，而我最喜猪肉；太座也很少吃鱼，鱼是江南当家菜；太座擅长做面食，而我喜食米饭炒菜。

至于其他方面，也有诸多不适，江南人自小不说敬语“您”，太座家却是老北京，晚辈跟长辈说话，必得称“您”，连太座的小侄儿都批评说叔叔怎么不说“您”。

太座家姑爷地位极高，吃饭坐在桌上不得动弹，想要什么，都有人伺候，我尤其不习惯。岳母还特别喜欢拼命给我夹菜，我也非常不习惯。

当时我还不习惯吃牛羊肉馅饺子，但老北京却认为这是待客的好东西。某次去太座家，他们精心准备的牛羊肉馅水饺，我吃得有些勉强，岳父大人看了出来，当天便宣布，以后朱学东到家来，一律米饭炒菜。

有一次我和太座到我一个远房姨妈家吃饭，姨妈是航天部工程师，姨夫是部队一个不大不小的领导。在他们家吃饭时，我俩的饮食和说话方式差异暴露得淋漓尽致，看得姨夫和姨妈直乐，说我们也是南北差异，怎么就一点不像你们俩？

太座第一次跟我回家过春节，各种不习惯。阴冷潮湿不说，老家菜放酱油的少，太座喜重色。一个春节，以酱牛肉当家，还自己拔了芹菜包饺子，看得我爷爷直乐，却全辜负了我故乡的美食。

太座年轻时喜欢逛商店，常抱怨我不陪她；我则爱和朋友喝酒，她也很无奈，以至于我家小丫头曾问太座：妈妈，是不是男人都这样？

差异和冲突体现在生活的各个方面。

幸好，有婚前的约法三章。我们俩在隔阂和冲突中，谨守当时承诺，尊重对方和各自的社会关系。

不过，婚前喜欢唱歌跳舞的太座，婚后几次想拖我下水，被我拒绝了，渐渐地，太座也被迫放弃了自己的这点爱好。其实我并不反对她唱歌跳舞，但我不喜欢，太座说是软性强迫，这是读书人的奸猾，至今她还耿耿于怀。

彼时我在学校工作，时间充裕。毫无进取心的我，却在家庭生活中耍了点小心眼，扮演起了模范丈夫的角色，买菜做饭，洗衣扫地；一来讨太座欢心，二来也可以假公济私，做自己想吃的菜。

一个后果是，我迅速地肥胖起来。

那个时候，我做菜的手艺日益精进，一群同学前来聚会，我随时都可以整一桌冷荤搭配的酒菜出来。

直到我到政府部门上班，披星戴月，再也无力下厨。后来太座更是批评我，说我当秘书后，几乎不再下厨，更不用说洗衣服了！

太座抱怨说，我在家干了没几年，但她却要干后来的半辈子了！

三、相守一辈子

我这一生，跟我父母极像，要强。

教授马列主义原理的日子越来越枯燥无味，我开始了更换工作，从教师到公务员，到媒体，到创业失败，到企业，再回到媒体，从黄村到京城，到广州，无论顺风逆境，太座都是我最坚强的后盾，既鼓励我努力向前，也帮我照顾好家庭。

直到我们结婚十年，有了自己的孩子，我在公司上班，我的工资才第一次超过了太座。

当年我们俩牙齿缝里省下的有限的一些钱，不是给了我父母兄弟，便是被我赔掉，太座毫无怨言，只是默默地支持着我，甚至调用她父母的养老金。

但冲突依然。比如我常喝酒熬夜，比如在教育孩子的理念上，我们都有很多冲突，甚至针尖麦芒，非常激烈。

我和太座都是直性子急脾气，常常一点就爆。我曾经跟太座玩笑，这世界上诱惑太多，就你这急脾气，就不怕我在外遇上一个软言款语的美女，被勾走了？太座眼一横，说，爱谁谁，是我的就是我的，不是我的拉也拉不住。

看看这脾气，真气人。

有孩子后，太座辞职在家带孩子。我担心孩子脾气也如我们这般，给孩子起名字时，还特意用了“西门豹性急，佩韦以缓之”之典。

但是，风风雨雨之后，我们依然平静地厮守一起，迎来了结婚 20 年。

我曾经两次参加同事的婚礼并致辞，另外还有几对同事成家请客时，也曾跟大家分享过自己对于婚姻的感悟。

两个完全不同的人走到一起，殊为不易。古人说的百年之修啊。

我一直认为，结婚是人生的新始，婚姻是神圣的缔约，需要缔约双方小心地呵护，才能白头到老。缔约以后，对双方来说，更多是一种责任，对所爱之人的责任，对家庭的责任，更需要相互尊重，相互包容，相互理解，孝养长亲，爱护幼亲，尊重各自的社会关系。

尊重各自的社会关系，是婚姻长久幸福的基础。这也是我的经验。

不过，最重要的，千万不能忘，夫妻摩擦虽难免，无论对错，男人一律应该放下身段，沉痛检讨“自己的错误”，待事过心平气和，玩笑中“秋后算账”，婚姻当更巩固。

当然，如果遇上一个蛮不讲理的人，那就糟糕了。我很幸运。

> 我希望
> 希望你去爱一个普通的人儿，
> 只要这人能爱土地和蓝天
> 胜过爱那有韵和无韵的语言。
> 那时，真的，我将为你高兴，
> 因为，只有一个钟情者
> 才有权利称之为人！

1908 年 2 月 6 日，俄罗斯诗人勃洛克写下了《在旅途上》这首诗。

很幸运，我的人生中遇上了一个爱土地和蓝天的普通人。

人民大学，听说出来就是县长啊

大学是人生重要的一步。

远如科举时代，范进中举，近如我辈，高考对于普通人来说，某种程度上是改变一生命运的机会。

如今社会渐次开放，大学扩招，成色虽减了许多，上大学已比 20 世纪 80 年代容易了很多，经济条件好的，还可以选择到国外上，避开国内依然疯狂的高考。不过，考上大学之后的谢师宴、庆功宴，却一点没有减弱，似乎更上层楼了。

这不，连我也不例外，几年前，我就曾对要参加高考的侄女和内侄许诺，若考上大学，我给每人封一个大红包，以示奖励。

其实，这也不过是为年轻一代高兴，庆祝他们在人生路上迈过一个重要的关口，开始走向自己的人生。回过头来想，这样的奖励，这样的庆祝，形式上虽然比我们那个时代奢华了许多，但核心还是没有改变，还是在为年轻一代高兴。

1985 年我上大学时，农村上大学的人还是挺少的。所以，虽然比不上中举的范进，但亲戚朋友都极其重视。

由于我所在的农村地区，教育质量一直不错，考上大学的人一向还算比较多。我拿到通知书后，同村一位女同学的母亲跟我奶奶说，你们家住祠堂，还是风水好，祖宗保佑，所以考了个好大学。

我曾祖是江阴过来当长工入赘在本村落地生根的，土改时分割村里的祠堂，因家贫而得分祠堂两间，故有住祠堂之说。

还有，我的邻村同学顾君，考取师范。他是自恢复高考以来，他们村第一个考上大学的人，村里特意请人来放了场电影，以示庆祝，热闹非凡。

我们村在新中国成立之前就有大学生，成立之后“文革”前也有几位大学生，恢复高考后考上大学，在我们村就稀松平常了，村里也不会因为我考上大学而放电影庆祝。不过，亲友见了我的长辈依旧会打听，什么时候请客。

那时我家经济条件虽有很大改善，但我还是坚决反对请客。不过，长辈们不会因为我的意志而改变他们的想法。毕竟，考上大学于我个人、于家庭都是大事。于我而言，从此可以跳出农门，吃上国库的粮食；于家庭而言，也算是祖坟冒青烟，光耀门庭的大事。

“人民大学，听说出来就是县长啊。”彼时乡下的熟人总是这样向我的长辈们恭贺，虽然后来县长这样的位置与我永不相沾，但那会儿，父母祖父母，甚至亲朋好友，走到哪儿，脸上都很有光。

父母还是决定好好庆祝一番。

农历七月十五是鬼节，故乡习俗对鬼节非常重视，通常要在十五之前的单日，摊茄饼，并宴请各路宾朋，俗称“过七月半”。这是故乡夏日里最盛大的宴请，远胜中秋节。父母决定，就选在农历七月初“过七月半”时，一并给我办庆功宴。请客的邀请很快以口头的形式发了出去，父亲尊重我的意见，没有请我的师长。

我回忆当年情景，至今想不起来我是哪根筋搭错了，不愿意请老师一起。我和我的家庭，可都是特别尊师重教的。反正，我就是不肯让父母去请我的老师。

庆功宴也就跟往年的“过七月半”大致相仿了，不外乎鱼肉鸡菜，都是乡下的东西，请的厨师，也是乡下的亲戚，办了五六桌。不过，还是多了一份热闹，多了一份期待。与往年“过七月半”不一样的是，1985 年来我们家“过七月半”的亲朋好友，没有空手的。有买块布的，有带点水果的，有给我父母塞个红包的，还有带全国粮票来送我的，等等，虽然比不上范进中举时的盛况，也是亲友的一番心意。

不过，在亲友陆续到来时，我却躲了出去，徒步六里多路，到前黄镇上转了一圈，赶上母亲的表兄在粮站卖麦子，看见我很奇怪，说今天你不在家，跑出来干什么？我一会儿还去你们家呢。

我漫无目的地乱转，见表舅问，搪塞说，我要去派出所，问问转户口的事。表舅问，要不要带你回去，我有三轮车。我说还没去派出所呢，一会儿回去。表舅叮嘱了我一番，便骑着三轮车去我家了，我装模作样到派出所问去，人家说你父亲早给你办好手续了。我怏怏回家。家里全是人，宴席已经开始了。

一进门，认识的长辈亲友们都热烈地祝贺我，喊我。热烈的气氛感染了我，怏怏然的情绪迅速消散了，我陪着舅舅堂姑父等在主桌坐下，这是我第一次有机会坐主桌，彼时我还不会喝酒。杯盘狼藉，酒足饭饱，亲友们告辞时，还少不得恭维我，颇有些中学课本里当年范进中举的味道。

其实，在家里办庆功宴之前，家里已经请了裁缝，给我做了一身新衣服，其中一件中山装，我一直穿到参加工作；母亲把父亲的军大衣拆了，给我缝了件新的军大衣；而被子之类，全部是祖母和母亲新纳的，当然，还有布鞋、毛衣，都是母亲手工做的。

父亲更是花钱，给我买了块手表，一口皮箱，一双白色的球鞋！那口皮箱，至今仍完好地在我北京的家里放着。至于谢师，我是到第一年寒假，才去我班主任家，我家长辈与他们家也相熟，父亲让我拎了一条很大的鲢鱼去的，这也是我迄今为止，屈指可数的送礼行为之一。

至今想起来，那个时候家里办酒席庆祝，亲友们的祝福，还都是很单纯很真诚的。当然，我大学毕业并没有当上县长，差点连工作都找不上，不过我算是幸运儿，留在了北京，还当了大学教师。

“朱光潜小道”

香港大学虽声名卓著，但来到港大之前，其实我于港大一无所知。

在北京时，我想，到了港大，我终于可以安心地像学生一样绕着操场跑步了——可是，港大校区，别说没操场，就是日常的上课吃饭，都得一身好体力，爬楼梯啊。哪有印象中内地高校那种硕大的操场啊。以至于我到港大的当天，我的前辈师长钱钢老师带我参观港大时，平素号称暴走帝的我，一下子不习惯地大口喘气，几乎跟不上一位六十岁的长者的步伐。

我在港大的游学之旅是从柏立基学院开始的。

柏立基学院是由数位港人捐资建造以英人柏立基命名的。英治期间，柏立基曾担任过港督，创办过香港中文大学，推出了廉租屋计划，也是香港向内地购买东江水以济水荒的第一人。柏立基学院其实是港大校区的一个小宾馆，我在港大的这短短十多天，便住在此。

从柏立基学院后门出来，便是一条石阶小道。钱钢老师告诉我，这条小路被他和朋友称作“朱光潜小道”。

朱光潜小道？我有些不解。

朱光潜先生是美学大师，我上大学时便买过他谈美学的作品集，大学课堂上老师也讲解过朱先生的观点。但我还没有读过朱光潜先生写的《回忆二十五年前的香港大学》，所以不知其中掌故。

钱老师告诉我，朱光潜先生在港大求学时，就住在下面的梅堂，最喜欢午后在这条路上往返，所以他和朋友把这条路称为“朱光潜小道”。

我恍然。

后来我在港大找到了朱光潜先生 1944 年在四川乐山武汉大学写的《回忆二十五年前的香港大学》这篇文章。朱先生是这样描述的：

> 我们三人（注：朱先生和当年在港大读书的同学）高矮差不多，寒酸差不多，性情与趣却并不相同，往来特别密切的缘故是同是“北京同学”，同住梅舍，而又同有午后散步的习惯。午后想来少课，我们一有空闲，便沿梅舍后小径经过莫理逊舍向山上走，绕几个弯，不到一个小时就可以爬到山顶。在山顶上望一望海，吸一口清气，对于我成了一种瘾……香港大学生活最使我留恋的就是这一点。写到这里，我鼻孔还嗅得着太平山顶晴空中海风送来的那一股清气。

朱先生写这篇文字时是 1944 年，香港及内地许多地区正沦陷在日军手中。朱先生当时所服务的武汉大学，在战火中已迁至四川乐山，这也是朱先生的“乐山时间”。

在港大的这些天里，我每天往返于这条落满不知名果实的朱光潜小道。每次，我都会独自会心一笑。

这条朱光潜小道，如今已经经过改造，水泥浇注，成了石阶道，想来当年朱先生和他的北京同学往返于其上的时候，大抵是没有这么好的条件的。

朱光潜小道周边布局，虽有休整改造，比如建了柏立基学院，但依然可以窥见朱先生笔下当年的风景。

石阶一头向下，蜿蜒入校区，一头向上，尽头便出了校区。两旁都是茂密的树木杂草，老树的根部裸露在地面，交错纵横。两边有百年的参天香樟印度树，也有细枝嫩芽。尽管钱钢老师跟我介绍了各种树名，我这个少年时的生物兴趣爱好者，却终究没能记住它们的名头。但是，在随后的十余天中，这些我依然叫不出名字的绿植，在港岛明晃晃太阳下构建的绿荫，一直庇护着我往返于此道。

石阶向上的终点，是港大的校长官邸，边上有一门昂首的巨型克虏伯大炮，对着海的方向，虽然各种树木早已遮挡住了它原本守卫的视线，但依稀可以想见它旧日的职守。我没有找到朱先生笔下的莫里逊舍，但依其描述，大概就是如今的校长官邸的位置。或者在其对面，如今地貌变化，不知其踪。

我不知道莫里逊是谁，仓促间也无从打听，不过按照当年音译的多元（如今香港许多地名有此情况），推断应该是马礼逊的音。

马礼逊这个名字学新闻的都不陌生，他在中国历史上是赫赫有名的，他是西方到中国大陆的第一位基督新教传教士，首次把《圣经》全译为中文并在中国出版，编纂了第一部《华英字典》，创办了第一份中文杂志《察世俗每月统记传》，他还在香港开办了“英华书院”。后来钱钢老师告诉我，香港有个非实体性的马礼逊图书馆，收藏有马礼逊的许多手稿，就藏在港大图书馆，有时会摆出来展示。

石阶下行，有两栋红色的小砖楼。从上往下，第一栋叫梅堂，第二栋叫仪礼堂。这两栋楼都是修建于 1914 年有百年历史的传统红砖建筑，跟路尽头炮口的方向一致，望着海的方向。

仪礼堂和梅堂原来是学生宿舍。朱先生就读港大时，就住梅堂，当年叫梅舍，我每天从校园返回宾馆，都会经过梅堂。如今的梅堂已经由港大通识部驻扎，我曾进去看过，试图在这里感受朱先生的感受。

而港大新闻与传播中心和钱钢老师的办公室就在仪礼堂。这个地方也曾接待过我的许多内地同行，我也认识一些从这里毕业的年轻同行。这些天，我在这里听过钱钢老师的两堂课；从他办公室的书架上借过书，是一本大部头的《中国时报五十年》；在这里，我也与港大新闻与传播中心的研究生们共同分享媒体经验。

朱先生还写到顺着小道可以下山到海边游泳，不过呛了几口海水，被水母咬了的场景，恐怕已不复存在了。如今站在梅堂前是看不到海的，在仪礼堂前，穿过水泥森林，依稀还可以看到远处海天一色的风景。不过，朱光潜小道延伸下去，如今一路都是高楼大厦了，直到海边。

我曾多次追随着朱先生的足迹，不过他是在午后，我通常是在早上，经过一小段朱光潜小道，拐几个弯，爬上太平山，饱览港岛风情。

除掉夏初梅雨天气外，香港老是天朗气清，在山顶上一望，蔚蓝的晴空笼罩蔚蓝的海水，无数远远近近的小岛屿上矗立青葱的树木，红色白色的房屋，在眼底铺成一幅幅五光十色的图案。

当年朱先生笔下的港岛平和风韵，至今犹存，不过更添了繁华和现代。

1918 年，北洋政府教育部接受当时港大副校长伊里奥特爵士建议，从师范学校选拔官派 20 名留学生到港大学习，朱光潜先生便是其中一员。当年在港大，朱先生听不懂粤语，看不明粤剧，与自己两位好友被戏称为“三个聪明人”——这可不完全是赞誉，朱先生的回忆里有写。

今天的港大校园里，英语、粤语、普通话都可以随便说，而且每年内地高考，有关港大的新闻都会占很大版面，如今在这里听讲的学生，许多来自内地。港大新闻与传播中心的研究生，也大多来自内地。

前些天钱钢老师关于留美幼童的公益讲座，一个大礼堂，满满一屋子，从在校学生到研究生到家长，大多数来自内地。而我在港大宿舍与学生分享，也都是来自内地就读港大各专业的学生。这与当年朱先生求学时感到的孤独感已截然不同。

朱光潜先生在港大求学时，遇见了很多很好的老师，后来回顾自己的学术生涯，他曾说港大的四年(1918~1922年)，“奠定了我这一生教育活动和学术活动的方向”。

港大的朱光潜小道，从克虏伯大炮到仪礼堂，不过一百三十个台阶。但是，周边却深藏如此多的历史文化故事。有多少人知道呢?

高桌晚宴亲历

2014年9月中旬，我在港大新闻与传播中心做为期两周的访学。

甫到香港，钱钢老师便告诉我在港的大致安排，他特别叮嘱我，9月20日（周六）晚上，恰好是我离港前一天，务必留出时间，教授（陈婉莹女士，香港大学新闻与传播中心总监）要邀请我作为贵宾，参加教授作为舍监的学舍的活动——高桌晚宴（High Table），很正式的活动。

钱钢老师告诉我，港大的传统来自英国，英国大学的学舍文化有悠久的历史，“高桌晚宴”是牛津剑桥的文化传统之一，是英式高校学生学习生活及社交的一个传统。钱老师也住在学舍里，对此传统感同身受。

港大的学舍相当于我们大学的学生宿舍楼，一般学校会选择德高望重的教授作为学舍的舍监，即管理者。陈婉莹教授便是港大其中一个学舍信兴学院（SHUN MING COLLEGE）的舍监。

我有些好奇。在我上大学时，记得人民大学学生宿舍楼的管理者主要是工友吧，从来没有听说哪个教授当了宿舍楼管理者的，也没听说哪个教授有这个兴趣和意愿。

但是，英式学校不一样。学舍虽然是学生休息的地方，却也承担学生业余生活和文化建设的功能，隐含一种自治性质在其中。而“高桌晚宴”，则是学舍文化的一个重要组成部分。

所以选择德高望重的教授或者神职人员担任舍监，因为承担的是监管引导责任。

过去在小说和影视作品里都读到过“舍监”这个词，但大多不是主角，且形象刻板严厉，就像恶婆婆似的，印象不佳，也未去深究这舍监是什么意思。但是，我所认识的陈教授，除工作雷厉风行之外，却是温和善良老是笑眯眯的老太太。

陈老师正式邀请我作为 Honored Guest 参加的，便是她担任舍监的信兴学院的 2014 年下半年第一场“高桌晚宴”。

在《哈利·波特》里，也有“高桌晚宴”的场景，我没想到，在香港大学自己也能赶上。

9 月 20 日下午，钱钢老师打车来到港大柏立基学院门口，接上我，一起去信兴学院。遵照钱钢老师的提醒，我特意穿了件长袖衬衣，这是我带到香港唯一的一件衬衣，我在港大做公开讲座，穿的都是 T 恤，钱老师还给我带了条领带，他曾犹豫是不是要给我带双皮鞋——我在港期间，只带了一双运动鞋，后来钱老师考虑到我穿上长袍，大概可以盖住脚面，别人看不见我脚上穿的是运动鞋，也算权宜。我内心颇感惭愧。

钱老师向我介绍过，“高桌晚宴”是个正式的社交活动，对着装有严格的要求，要求穿正装。晚宴开始时，一般男士和师长在正装外面穿长袍，女士则在外穿绿袍。钱老师自己所在的学舍，舍监是个严谨的牧师，每周都搞，钱老师说实在吃不消，也就不是每次都参加了。

不过，信兴学院的高桌晚宴，一般是两月一次，副舍监建筑系老师朱涛兄（《梁思成和他的时代》作者）介绍说，要准备一次，需要很大的精力，四百余人集体用餐，还要请嘉宾，安排表演，组织起来很麻烦，花钱也不少。我后来问陈老师，晚宴经费从何出，陈老师说从学舍基金里出，这钱主要来自学生交的学费和学校的补贴及其他募款。

“很有意思，很值得哦。”陈老师笑着告诉我。对于日常陷于学业的学生来说，难得一次大聚会，也是一次社交机会，全学舍的学生几乎都会聚一起，来自不同国家地区的学生相识分享交流，高桌晚宴提供了一个很好的机会。

我和钱老师抵达信兴学院时，电梯里还张贴着我上次来开讲座的海报，路上遇着的女同学，大多已经身着盛装，描眉画目，精心打扮过了。

学舍的志愿者（都是学生）有认识钱老师和我的，一见到我们，立即招呼我们，安排人引我们进入贵宾休息室——前些天我就在这儿开的讲座。

陈老师已经在贵宾室了，她邀请的另外两位 Honored Guest 也已在座。陈老师一看我穿着衬衣，大夸我精神。旁边的学生志愿者选了袍子给我们，让我们去隔壁换上。

穿上袍子出来，我有些沐猴而冠的感觉，但陈老师和钱老师都说不错。

Honored Guest 也是高桌晚宴的重要组成。一般组织者会邀请社会上来自各行业的德高望重的学者、作家、艺术家、企业家、官员等作为贵宾，坐在高桌边。其中第一贵宾将在高桌晚宴上对参加晚宴的学生发表演讲，主旨在勉励大家，而不是讲授饱学的专业知识。

这次陈老师请的 Honored Guest，是一位英国学者和一位女士，还有我和钱钢老师。第一贵宾是那位英国学者，惭愧，我没记住名字。我的朋友唐建光在汶川地震后访问港大，曾作为信兴学院高桌晚宴的第一贵宾，向学生发表过演讲，讲述汶川地震救灾的经历。赵楚和笑蜀也曾作为贵宾参加过信兴学院的高桌晚宴。

差不多到时间的时候，学生志愿者过来招呼我们准备入场。此次高桌晚宴的志愿者主要是来自韩国的女学生，一位来自内地的帅气的舍监助理小朱老师告诉我，韩国学生很活跃。

我们一行人，根据安排，在大厅前的台阶上排好队形，志愿者告诉我们进去后怎么上高桌。

随着进行曲响起，大厅大门打开，里边已经入场的学生全体起立，在进行曲中，我们穿过由学生和桌子形成的回形长道，在学生注目礼下步行到主席台，登上，落座。

我这个人嬉笑惯了，很少在这样庄重的氛围中穿着特别的服装在别人注目下行走，颇有些不习惯，但也一改平素的疲沓，庄敬起来，这是氛围的影响力。在那些热切的甚至有些仰慕的目光里，最放肆的人也会收敛的。

我突然醒悟过来，一个人难得穿正装，行为会不自觉地变得不同，端庄起来，对于我这个中年人来说尚如此，对年轻人来说，恐怕影响更大，会有种一下子成了大人的感觉，自尊自重并尊重他人的体会会很深。

陈老师坐中间，第一贵宾坐她右手边，我坐她左手边，钱老师和小朱老师坐我左手侧，两侧边上是主持的学生和志愿者代表，包括负责引领我们到这里的那几位韩国学生。

桌上西式餐具一应俱全，酒杯饮料杯水杯也都陈列着。抬眼望去，一个大厅，几大张长条桌，学生们穿着黑袍绿袍，混坐边上，蔚为壮观。

我们坐在台上，明显比下面长条桌高出许多。钱钢老师向我介绍说，他听他所在学舍的舍监牧师先生说过，所以让贵宾坐高桌边，除了因为贵宾是各行各业精英、地位尊贵之外，也是有要让学生仰望尊敬之意，让学生追慕，未来努力成为高桌人士。这个传统最初来自宗教。可惜，我对此文化不熟悉，语言也不通，无法去寻访其渊源。

晚宴开始，两位学生主持，陈老师先发表了热情洋溢的演讲，信兴学院有来自多个国家地区的学生，不分国家地区种族肤色，欢聚一堂，最为高兴。随后第一贵宾也发表了演讲，可惜我的英语听力基本是靠猜，只能捕捉只言片语。

上菜之后，大家频频举杯，同时分头交谈，下面的学生也是，其间还穿插着节目。一位漂亮的美国女孩，其实也是老师，穿着中式服装，表演了乐器，还有学生合唱团，而负责记录的学生，则来回拍照。

其间陈老师、钱老师分别与我聊了许多，让我这个土包子大开眼界。

因为人数众多，上菜有先后，晚宴持续了很长时间。晚宴结束后，全体学生起立，目视我们按照进入时的顺序，依次走下高桌，在学生的欢送声中，穿过学生和长桌围成的长道，走出大厅。

大厅外面的空间，早已准备了咖啡和茶，随着大厅里学生们陆续出来，这个空间便成了学生和师长们自由交谈的地方，或端着咖啡，或端着茶杯，或空着手，你可以跟任意你想攀谈的对象打招呼，也有学生喜欢一起拍照合影，我和钱钢老师、朱涛老师等，则被一些学生围着，聊着中国当代的一些问题，从建筑到政治。钱老师说，这也是高桌晚宴的精神，学生与晚宴贵宾之间可以自由交流，对于学生而言，也是一种鼓励。

当然，或许也有人通过这样的机会交上异性朋友，整个场面非常热闹。那天晚上，洁平老师也来了，一聊，她还是无锡人，和我算老乡。

信兴学院的高桌晚宴，于我是难得一见的“洋荤”，其背后的文化差异，也未必是我走马观花式参与就能理解的。但是，它依然给我打开了一个窗口，新奇感之后，还有思考。

天命

人生如白驹过隙。今年我五十岁了。天命之年。

2月22日，其实并不是我的生日，这一天其实是我身份证生日。我这个年龄段出生于农村的人，通常除了阳历和阴历生日外，还会有一个身份证生日。因为过去农村多是以阴历记生日，报户口时多填阴历。后来国家推行身份证制度，身份证是以公历记身份，但农民多记不得当年出生时的公历时间，于是，阴历被当成公历印到了身份证上，于是，这个并不是生日的日子，成了唯一具有法定意义的官方生日，许多人生生又多了一个“生日”。2月22日，于我就是如此。

生日前夕，回望来路，自觉过去以有限学识服务社会照顾家庭，无愧于自己更无愧于社会，如今年近天命，吃过山珍海味，登过高堂大屋，经过万水千山，怎么会再顾忌他人颜色在乎他人指戳！虽不是托翁帕氏，也算朱子一脉前朝同宗，爱所爱做爱做，得遂心愿方是所宗，管他人鸟事。他人言语，不过烟云，人生之味，才是自个儿的。

天命之年。千万不要认为自己的时代已经结束，一定要知道，自己的时代才真的刚刚开始。我理解，是因为我们真正自我的觉醒开始了，这个世界属于我们，属于我们的世界，就要守住，并让它光耀，而绝不要拱手让给我们鄙夷的人。

建设自己，就是改造社会，就是建设新中国。我这些年来对此有着越来越深的体悟。法定生日之际，发篇2016年3月30日写的旧作——《天命》，旧文重读，其墨如新。

——题记

你的日常生活就是你的寺庙，你的宗教。

不论何时，只要你进去参拜，都应当带着你的全部所有。

——纪伯伦：《先知》

“哥，生日快乐”。

那个我十九年没换过号码的老旧手机里，今天早上第一条短信，照例是弟弟的。自弟弟有手机起，从来没有误过一次。

弟弟和父母一样，记得家里所有人的生日。我知道，母亲今天会在家里组织大家吃面，因为我生日。

一

农历二月二十二，今天我生日，四十九周岁。地铁上已经有人看我额头上那一缕显眼的白发，给我让座了。老之将至，不服不行。

周岁是现代官方的年龄计算方法，江南故乡旧俗讲的是虚岁。按吴地旧俗，我其实已经五十岁了，五十虚岁。

五十岁是什么概念？

在遥远的古代，因为生存环境的问题，人的寿命也很短，所以，夫子说：“五十而知天命。”

明儒无锡顾宪成说，知天命，是一种境界，是一种“悟境”。于夫子而言，既然受命于天，奉天命行事，凡事不违，才能耳顺，才能从心所欲而不逾矩。

俗说天命不可违。夫子的这种“悟境”，于几乎所有中国人而言，有一种接近“神谕”的意义，它通过一代代中国人的日常生活，有意无意地规整内化着中国人的天道观。

但圣贤如夫子，也不是一开始就知道天命，他十五志学，三十而立，四十而不惑，一路辛苦奔波，周游天下，到五十岁时，得易而学之，方有天命之得。

我辈庸碌，却也算得上自小识字立志，虽说不是夫子般志于学，而是为了饱肚，但自己的人生，确实始自识字，然后合着年龄的变化见识的变化，一步一步蹒跚前行，渐行渐识，渐识渐悟。这是一个从未间断的过程。

二十年前，我三十岁时，对许多事的认识尚不够清晰，忙忙碌碌，皆为稻粱。

九年前，我四十岁时，当时我的领导兼搭档《南风窗》陈中兄问我履职一年有何感想，我说学会了妥协。

并非过去的生活里没有妥协，是因为过去更多只是被动地接受，但我恰好是在履职《南风窗》后，放下了年轻时的率性，放下了一城一池得失之虑，而学会了遵从内心的目标，去妥协去博弈。所谓四十而不惑，在我的人生中，太过具有表征意义。

到五十岁时，自己所历，虽没有夫子列国之游之见，却也并非一帆风顺，幼时虽受宠于长辈跟前，却难免冻馁之苦；及长，走过岭南塞北，喝过玉液琼浆，翻遍纸上江山，见多了起高台宴宾朋，也见多了楼台塌猢狲散，纵是旁观而非身受，也自是心惊。一个远离了为赋新词强说愁的经事历世的成年人，又怎会不从所见所闻的世事中，认出它们的意义和广袤性！

五十岁了，是知天命的年纪了。再不明白，那就是蠢了。

愿意的人跟着命运走，不愿意的人，被命运拖着走。而这命运，就是自己的天命，虽说汉儒董仲舒说是上天之令，董儒善说天人感应，我觉得这种天命，也就是内心之命。

二

2014 年秋，我自香港转道去往恩施路上，得知同行的好兄弟新华承了夫子遗训，道不行乃乘桴浮于海，携家去了异国。

我觉得，自己不会远走。上有老下有小，都生活在这块土地上，而祖祖辈辈也都埋葬在故乡自家祖辈相传的自留地上，所有的一切都在这块地上。这块土地，养育了我，给了我力量，至今仍在给我力量。若走了，不就像被切断了与大地母亲之间联系的大力神安泰，变成了一个束手待毙的人？

所以，我内心觉得，我要守着。

就像波兰犹太诗人赫伯特笔下的那块卵石：

它们将看着我们，直到最后，
用沉静和十分清亮的眼睛。

为了让自己的孩子生活在一个更美好的世界，为了自己的父母兄弟，我愿意一如既往去努力，遵守法律的规定，遵从自己的内心，不在乎灌木丛、卵石、铜豌豆不成器的力量之微弱。

能够成为一丛灌木，也是一种景致。只要看到河岸边高埂地上那些一簇簇熟悉的灌木荆棘，我就知道，那里有故乡。故乡的象征，不是高楼大厦林立厂房和笔直宽广的马路，而是那块地上土生土长依着时令而生生灭灭的灌木荆棘杂草！它们不会因为村落拆迁坍塌而消亡，只要有土有水，它们就会一直坚守在那块土地上。

几天前，故乡友人来访，聊及故乡新旧事，我俩颇多感慨。我说我的余生，目标是回到故乡，种几亩薄地，养几只鸡羊，水井边上，葡萄架下，摆开八仙桌，招呼南来北往客，把酒话桑麻，然后用自己的笔触，将记得的听到的关于那块土地上的一草一木一鸟一兽一河一沟以及我的父母兄弟朋友们乃至精神上的师友们的故事，继续用自己的笔写下来。

这是我的天命。

三

2016年3月，五十岁的我接了一个新的工作，《新京报书评周刊》的主编，我的同事个个饱读诗书，年纪却基本比我小整整一辈。

许多朋友向我祝贺，认为很适合我。

也有人颇多不解：人往高处走，你怎么就越走越低了，在人人都争着去创业去拿天使去拿高薪去忽悠去敲钟的时候，你怎么却从总编做到了一个部门的主编去?

其实，这个事，于我个人，既无可贺，更无不适难堪——那是不了解我的人才有这样的不解，而是挺住便意味着一切。

2013年，我曾经说过，有时候坚持就是一种无路可退。但我到《新京报》，是在有许多路可走的时候自己选择的，而接手《新京报》书评，虽说多少有些被动，接下来后，同样不是无路可退的被迫，而是心甘情愿的。

我对所谓的新媒体创业毫无兴趣毫无动力，至今我连个公众号都没开。所以报社希望我接手书评周刊时，我也说了，我缺少了冲杀奋斗的动力，但“维稳”的“内力”尚存，可以帮着分担些守的工作，于是，就兼了《新京报书评周刊》的主编。

我过去一直是《新京报书评周刊》的读者，到了《新京报》后，我一直是报社内部书评周刊坚定的支持者和维护者。无他，在一个功利主义沙尘四处肆虐的时代，《新京报书评周刊》是一片难得的精神绿洲，它从一个看似较小的平台，让浮躁时代甘于自守不追逐于名利的人，有自己的追求，有自己的尊严，这种追求，这种尊严，是通过严肃认真的阅读呈现，而这一过程中，这些人的社会关怀，审美趣味，生活趣味，也就成了这个时代精神不坠少有的维系者，至少他们努力在这样做。

书评周刊年轻却学富五车的新同事小朱在"劝诱"我接手的时候，跟我说，朱老师，我们做得好，坚持得越久，影响的人不就会更多一些，这个社会不就会更好一些吗?

我自是心有戚戚。我玩笑说，按我们这一代人的说法，套用伟大领袖毛主席的话来说，就是凡是敌人想占领的地方，我们坚决不放弃。

去年一年，书评周刊的同事约过我好几篇稿子，而这些年我无用之书的阅读，对于我个人人格精神的影响，是非常巨大的。这也是过去我愿意和朋友们分享自己的书单和阅读感受的重要原因。

阅读过去是我的一种生活方式，如今接手《新京报书评周刊》，是个人志趣和职业生活的一种新的对接，也是过去生活的一种延续，尽管此后阅读可能不再完全是一种私人生活，还会有其他新的内容，但这又何妨?

布罗茨基说，一个阅读诗歌的人，要比一个不读诗歌的人更难被战胜。

布罗茨基还说，一个读过狄更斯的人，要比一个没有读过狄更斯的人，更难为着不同的思想，向自己的同类开枪。

这是我个人心中，关于读书最意味深长的两句话。

所以，在我内心深处，接手书评周刊这种“维稳”，更意味着“维文”，而这种“维文”，在即期功利主义时代，就是对政治正确的一种不妥协，不合作，甚至是一种进取型建设性的反抗。这个，同样是我内心深处的追求。

我希望通过自己的努力，有更多人能够理解布罗茨基上面的两段话。

我会带着自己的所有，在恪尽工作职守的同时，孝养亲长，抚育孩子，友对朋辈，夫妻相敬，然后读书，抄诗，走路，喝酒，吃茶，与朋友聊天，涵养自己的人格，既不同路于主流政治，也不同路于流行的价值观，保持自己高度的精神自治，走自己的路，过自己的日子。任你东西南北风，我在自己的螺蛳壳里做好自己的道场。

知天命，做自己的道场，并不排斥激情，激情是生命力的表征，因为还有激情，所以凡事才有支撑，才能更好地做好自己的道场。

这就是建设自己，就是改造社会，就是建设新中国。

还不到五十岁的时候，我已经认识到了。所以，人老得早也有好处。

这就是天命，也叫自在。

八年店小二生涯

2月22日，是我身份证生日，我习惯说是法定生日。

不过，这一天，从2009年起，于我，不仅是法定生日，而且，还是我拥有的另一个身份——“店小二”的纪念日。

2009年2月22日，太座在马连道开了一个茶叶店，我自告奋勇要兼职当茶叶店的店小二。到今天，我拥有兼职店小二这个身份已经整整八年了。

八年，以前说抗战都胜利了，但我这个兼职店小二不仅没能为太座的茶叶店卖出去一两茶一把壶，茶叶知识也依然一无所有，看店时来了客人还得搬救兵之外，还“利用职务之便”，“贪墨”了不少茶叶，或送朋友，或自己享受。

不合格，还能保有店小二的身份，全仗特权荫庇。不过，我想，太座过去搞财务，喜欢价值投资，长线投资，而不只是财务投资，应该知道，我这个店小二还是值得投资的。说不定，哪天我厚积薄发，就像楚庄王那样“三年不鸣，一鸣天下惊”，哪天开窍开张了，8 年投下的血本，一朝就能收回。我想，当我离开职场认真当店小二的时候，我一定是一个很不错的小二，一定会成为茶叶的行家里手，真要兴趣来了，搞不好，还会在茶叶店搞个篡党夺权的政变。不过，我觉得还是兼职店小二好，可以免去很多管理运营的麻烦。

唯有这样，才能享受迅哥儿说的，有好茶喝，会喝好茶，是一种清福。我希望能做个永享这种清福的店小二。

二

2009 年 2 月 22 日，于我家是值得纪念的日子，不是因为我法定生日，而是太座在马连道茶城的茶叶店正式开张了，名为兴顺源茶坊。而我，自告奋勇当了兼差的店小二。

开这样一家茶叶店，自然是综合考虑的结果。

我在广州工作期间，太座辞别工作了 9 年的时尚杂志社，专职在家带孩子，靠我一人并不丰厚的薪水生活。2008 年 12 月底，我从《南风窗》裸辞回家，过起了宅男的生活。如果没有饭局邀约，我就负责接送孩子，在家做饭扫地。而此时，太座得空，就到她哥在马连道的茶叶店去帮忙。

某次去幼儿园接丫头，丫头的老师看见我去接，很稀罕。后来问丫头，你爸不是在广州吗，怎么有时间接你来了？

其时我们并没有告诉丫头我辞职回家的事，只是说我不去广州了，有时间陪她了。丫头告诉老师说，我爸不去广州了。

丫头的老师很吃惊，跟丫头说，你爸妈都不工作，那你们家今后怎么办呢？

老师不知道我家丫头是个极其聪慧的孩子，她回家把老师的话一字不漏地学给了我们，并问我们，是不是真的。

我和太座哭笑不得。尽管我们觉得幼儿园老师跟孩子说这个不合适，但她倒也指出了问题的实质。得，既然外人看着我们过不下去，还是想个辙吧。其时，我自己原本的打算，是休整半年，写两本书，调养一下身体，陪陪家里人。

太座与我商量开茶叶店养家糊口的事，说跟父兄已经初步聊过了，都觉得行，于是征求我的意见。我第一次没有反对太座开店的想法，此前她想开服装店，我都持激烈的反对意见。

太座的父亲，我的岳父大人，经营茶叶生意很多年，很有经验，后来身体不好，把店给了儿子，这个店，现在在马连道也有些名气了。2008 年上半年，太座病愈，白天丫头上幼儿园后，就经常去茶叶店帮忙，也算逐渐熟悉了些业务。

老爷子老太太首先表态支持，她哥嫂也积极支持。开茶叶店好，进货的渠道质量关，一开始可以由她哥把关，同时，自己也不用压那么多货款，这方面，可以借她哥的力量……

更为重要的是，太座是个急性子，我说，卖茶叶最好，能磨性子，茶叶养神养性呢。

这都是我的小算盘大考虑。综合考虑之后，我们就委托她哥代为在马连道找店面。同时，我给当时的《时尚》杂志社的吴泓发了个短信，请他为茶叶店写幅字。吴泓是太座的前老板，也是我的朋友。吴泓爽快地答应了，说开茶叶店好。但我不知吴泓当时已重病在身。

就在我下定决心准备转行学做茶叶之际，德付兄要重整《中国周刊》的山河，找上我。

没有任何犹豫，我答应了德付一起做《中国周刊》，并立即投入了新的工作，开始筹划新杂志的采编大纲。而原定的茶叶店的所有前期事情，全部推给了太座。这方面，我很不称职，而太座则像钢铁战士，承担了一切压力。

春节自江南回来，大舅哥就给我们找了一处店面，赶紧装修买家具买茶叶店需要的各式东西。好在茶叶的事不用操心，大舅哥两口子全给包了，甚至装修买东西，都是大舅哥一手操持的。而我，则专心致志在做《中国周刊》的筹备工作，连兼差的店小二责任也没尽到。

2009 年 2 月 22 日，一个阳光灿烂的星期天，茶叶店开张了，名号为兴顺源茶坊。巧合的是，我的身份证上写的生日是这一天。这是巧合，或者也可以说，是太座有心按此推进的。惭愧。

我对店里的贡献，是去审察过门脸，如今店里还挂着的不对仗的“采天下青澄绿碧，销四方金银玉片”，是我拟的文。吴泓的字来了，但我最终没用。最初临时用的，算是我的一个朋友浙江诸暨的郭建欢所写，后来，太座的朋友介绍了一位同样毕业于人民大学的常州人道书魁给太座，道先生也给太座写了个匾额。

如今，店里挂着的，就是道先生的字。可惜，我至今未见过这位学长兼老乡。

与马连道绝大多数茶叶店不同，太座的茶叶店秉承了岳父当年经营的风格，就是兼收并蓄，只要是质量好的茶，都经营，而不是局限在一两种专门经营上。

岳父的经营理念，也灌输给了太座，那就是诚信经营，一分价钱一分货，只要你爱喝茶，一旦上门，必定成回头客。

一年下来，太座的客户，新的基本变成了回头客；同时，太座对于茶叶的认识，也已远远超过了我。而我，还停留在过去那种牛嚼牡丹喝绿茶的方式。

二

做茶叶生意，讲究的是客户的积累，客户积累需要时间，新店自然成长慢。但我和太座都坚信，脚踏实地，一定能做好，所谓天道酬勤。我们没有什么资源，只有一点，认真做。

不过，在茶叶店筹备时，我一接《中国周刊》的工作，太座就知道我算是不能指望了。我的精力主要投在了杂志上，根本无暇关心太座的茶叶生意，没能给太座的事业添砖加瓦。

不过，自打太座开了茶叶店，我在广州暴走的经历，终于成功在北京落地了。在略有空余的时间，我总是会走路去马连道，从家过去，大概7公里左右，去店里说是兼差店小二，其实就是蹭杯好茶喝喝。或者说，招呼三五好友，在那里聊事免费喝茶。太座说，你这架势哪是什么店小二啊，简直就是个甩手掌柜嘛。

确实，挂着店小二的名头，却没干店小二的活计。在《中国周刊》期间，茶坊成了我与朋友交流沟通的场所。后来店面搬家，我也寸劲未使——太座说我总是运气好，搬家时我总是出差——太座特意在新门脸的楼上租了间房，我周六日若有空过去，可以在那儿读书写作会客。我曾经在那个楼上的租金不菲的小房间里，与许多朋友喝茶聊天，包括采访。不仅没有给太座卖出茶叶，反而靡费她不少茶叶茶点。

那个时候，我每次走路去，基本上都是正午，顶着太阳，然后跟微博朋友分享我沿途见闻以及步行的路线图。一些朋友见到，也会特意跑过来跟我见面聊天。

山西的博友李军雷兄，最是让我感动。我们最初都是马晓霖兄的博联社平台上的博主，以文订交，素未谋面，但军雷兄一直关注着我。他来京公干，赶上周末，曾去过茶叶店，以为能偶遇我。但我并不是每个周末都去。后来有一次，我正好在店里喝茶，军雷兄突然冒了出来，结果那天，我们在马连道军雷兄同学开的酒店里，从中午一直喝到晚上。

这么多年来，尤其是我到《新京报》之前，兴顺源茶坊，一直是我周末会客的场所，周边喝酒的大店小馆，我大体熟悉了。来访的朋友，有年高德劭的长者，有平辈论交的兄弟，有年轻的同行，也有同学校友，还有慕名来的粉丝。

其中 2014 年，我解甲归家，有了些闲暇，去店里多了，但不是去帮忙当店小二卖茶叶，而是在那儿接待各路来访的朋友，喝掉了不少茶叶和水。不过太座从来不以为忤，她总是热情地以老板娘身份担纲店小二的角色，给我们泡茶服务，即便其间有服务员，也是她为我们服务。整个 2014 年，我去茶叶店时间最多，但依然没有能够为茶叶店的销售额做过贡献。

茶叶店一切事务，全仗太座勉力操持，从最初完全依靠长兄，到后来渐渐在依靠长兄帮助的同时也自我发展，从客户的开发维护，到新业务的拓展，从线下本地到线上外地，太座的每一次尝试和努力，我都没有帮上忙，甚至，连广告也几乎没给打过。其间又因各种规定，茶叶消费骤降，这个时候，我这个店小二唯一给太座的支持就是，告诉她，做得越大影响越大，我们店小兼之是新入行，对我们虽然有影响，但影响不大，这是我们的机会。熬住坚持住就行。

我忙于自己的工作时，陪伴太座最多的是丫头。我家丫头后来周末经常去茶叶店玩，我有些不乐意。有一次跟丫头说，难不成你长大了想卖茶叶？话一出口我就觉得不妙，不合适。

丫头反诘说，卖茶叶有什么不好？妈妈不是在卖茶叶嘛。

太座接着说，就是，卖茶叶有什么不好？朱学东你这是瞧不起人哪，你不帮忙也就算了，还这么偏颇，职业歧视啊。

我赶紧解释，凭着三寸不烂之舌，勉强蒙混过关。

在处理茶叶店杂乱业务和带好孩子的同时，太座还参加了茶艺师资格考试，并成功通过。

但我，真的一点忙都没帮上。连广告都很少帮打。我的朋友杨海鹏看不下去，批评我几次，后来干脆自己主动帮着转了几次。不知老杨是因为老在微博上挤兑我我不回击的缘故，还是看我太座认真却不易的原因。但是太座的这种认真，也交了很多朋友。

三

2013年下半年，我困顿于职业生涯的选择，是太座断然的一句“我养你”，让有些优柔寡断的我有了彻底告别职业生涯的底气和勇气。当然，最后也没能彻底告别。

2014年我离开职场后，太座的茶叶店除了成为我跟朋友交流的场地，还成了我的信函图书的中转站。太座在忙乱的生意之外，还要给我代劳邮件处理，尤其是这两年我自己的图书签名后发给一些需要的朋友，我都在此完成，然后由太座负责发送，给她添了不少麻烦。太座虽偶有抱怨，但却还是尽心尽力去做，以至于她说，真不知谁是老板谁是店小二了。

2014年底，我徘徊于选择《新京报》还是南京大学之间时，太座说去《新京报》，哪怕最后没成，大不了就像今年一样，你就再回来给我当店小二！

这口气，只有女中豪杰才有。

2015年我到《新京报》后，因为工作忙乱，我周末去往马连道的次数越来越少，即使有时间，走路也是去公园了，剩下了太座和她的朋友们在马连道，偶尔还有丫头给她做伴。我依然与过去一样，没有给她做广告，也没能给她卖出一两茶，但是，茶叶店的生意却比过去好多了，几乎都是回头客，后来甚至在老家也做了尝试。虽然是小本经营，却也让人刮目相看。后来太座跟我说，后悔当年听你的，要是早几年同意我开茶叶店，情况就不是这样了。太座的闺密讥嘲我，说朱学东，你看你，说当店小二，却一点都指望不上，看你家谷丽影，把店里家里弄得多好！

我只好羞愧地低下头。

我只能心里许诺，一旦离开职场，我就好好当个店小二，证明自己不仅是称职的，还是有潜力的。“三年不翅，将以长羽翼；不飞不鸣，将以观民则。虽无飞，飞必冲天；虽无鸣，鸣必惊人。”

要知道，我这个店小二都八年不鸣了。也许，离鸣的时间不远了。

太座，生日快乐

呀，3月3日你的生日来了哇。

2月最后一天的早上，我在吃早饭时跟正在收拾行头准备出门上班的太座漫应了一句。

是啊。你准备送些什么礼物？

我想给你写篇文章……

切，我猜你就会来这一手。

看你说的。能用文章当寿礼，那是最高待遇。想想，谁能让我给他写生日文章？我都是给谁写文章？我写的可全是我的至亲和尊敬的师长。真是不知好赖。

反正，都是你说。不管你写不写，我就去刷一万块钱买东西……

你还是杀了我吧……

那你自己给我买去。

你刚又拿走我两张卡，还要我给你买东西，我到哪偷钱去噻……

哼，铁公鸡……

一

3月3日，于我是个特殊的日子，我家太座生日。太座属猴。

三月三日天气新，长安水边多丽人。

3月3日最有名的诗句，来自杜甫的《丽人行》。不过，这个三月三日虽然有名，却是旧历，所以杜甫诗所描述的是暮春景象："绣罗衣裳照暮春，蹙金孔雀银麒麟。"这个三月三日与我无关。

不过，我家太座，也曾人如其名是丽人。

这不，她说，朱学东，我年轻时好歹也是一朵花，自从嫁给你，看看，都变成这样了。都赖你。太座转个圈儿气哼哼地对我说。

当然，皮肤不如年轻时透亮了，更主要的是，发福了。发福好啊，除了遗传，还有心宽。我当年也还是清瘦小伙呢，还不是因为伙食好，心底无私，万事不留，所以也胖成了这样……

不过，太座未嫁时，确实条靓盘好，要不我怎会答应呢？不过，如今我们在一起也二十四年了，都快银婚了（这词听起来既高兴又挺心酸），发福也是很自然的事。

你就不会说句好听的话吗？怎么从你嘴里听句好话那么难？你那胖还不是我养得好……

你当是养猪呢。我胖还不是从我自己在家做饭又剩饭包圆开始的，后来当然有酒多睡觉晚的原因。

太座有时也会被我像这样噎着（有时候也会急眼——我们俩都是急脾气，有时分寸拿捏不好，也会弄得脸红耳赤的）。这个时候，她就会拿出她家里老大的威势（我们家的排序，太座、丫头、我）。这种情况，我总会想起 1994 年偶遇的《无锡日报》一位莫老师，他听说我太座属猴我属羊后，连说挺好挺好，猴骑羊喜洋洋。

二

太座生日，我确实不知道该送什么礼物。

记忆之中，我们俩年轻时过生日，或者在家，两人弄些菜肴，下个面条搁个鸡蛋，两人对坐着吃——我母亲按惯例，会在每个家人的生日组织大家吃生日面，即便我们不在家；或者两人一起外出下馆子。太座有时喜欢奚落我总去那些小馆子，成都人叫苍蝇馆的，我说挺好，热闹，有人气。

没有鲜花，没有蛋糕，更没有钻戒白金耳环……

当然也没有一封儿女情长的情书。我从来没给谁写过情书，包括太座。我这个土包子想的是，整天耳鬓厮磨的，还要写那玩意儿干什么？那玩意儿，除了骗人，还能干啥？

从青年到中年，偶尔还会露峥嵘的太座总是默默地依了我。她知道我这个农家子弟的那点小算盘，那就是尽量节约原本就挣得不多的钱，以周济家里急用（早些年我家急用钱的事很多，我们俩的家庭积蓄，那些年几乎全部花在了周济老家上面）。其实太座从一开始就比我挣得多，直到2004年我到商业公司工作，才第一次从工资上超过太座，但她从来都是依着我的意思，从没有恼过。

能没委屈吗？但她的委屈，却常常被我忽略了。

20世纪90年代后期，她生日，很少陪太座逛街的我，那天陪她逛了城乡贸易中心（当时虽不及王府井可也算是高大上的地方），主动为她买了一件女装，花了700多元，太座觉得这件当时快赶上我一个月工资收入的衣服太贵了，不想买。我说，买！难得。当然豪气的同时，心里不停地在吸气。

这是我第一次在太座生日时给她买礼物。但她从来没有嫌弃过我穷酸，跟我结婚时，她就选择了。

我人生第一次畅快为太座花钱的时候，也还是个穷光蛋，不过我们俩当时都觉得挺爽的。

20世纪90年代早期，我曾帮朋友攒过书，这笔费用一直到1999年，朋友才付我。当时我在一同事家喝酒，朋友给我打电话，说不好意思，还有些钱在他那儿，让我去取。半斤白酒之后，我和太座去朋友那取了钱，5000元，当时对我来说是笔巨款了。拿到钱，我俩坐车到复兴商业城，我给太座一下买了两件皮衣——一件皮毛一体的、一件单的，还有一件羊绒衫、一条羊绒围巾、一副羊绒手套，然后去马路对面吃了个鱼头火锅。吃完火锅发现，最后钱包里连打辆面的回家的钱也没了。

因为稿费拖了这么长时间，我就没有把这笔钱视作自己的了，所以我认为，意外之财必须彻底花掉，心里才安，于是有了穷酸变土豪的豪气。可惜，那个时候不是太座生日，不过她也挺高兴的，高兴就好。

三

太座喜欢玫瑰花，红玫瑰、香槟玫瑰都喜欢。我很晚才知道。多粗心大意，不，多没情商。

我知道红玫瑰，可香槟玫瑰长什么样儿，我也是很晚才知道。

2004年，太座36岁生日时，在许多朋友的劝谕撺掇之下，我请办公室的女同事帮我参考，订了三十六朵红玫瑰，由我的几位女同事帮送到了中粮广场的时尚杂志办公室。

太座那天特别地开心。

后来她告诉我，那天我同事把花送过去，大厅里都愣住了。时尚杂志社是时髦男女汇聚的地方，从来不缺鲜花，但只有这三十六朵红玫瑰，那天真正压住了场，整个杂志社都轰动了。

我听出了她内心里的高兴，忍不住说，你老公嘛，要么不出手……

这么多年第一次送花，还嘚瑟，确实是我情商不高了。后来太座生日，我至少比过去更主动积极地问候，偶尔也会陪她去买东西，或者，让同事帮我这个除了订书不会订其他的人个忙，订几朵红玫瑰，或者香槟玫瑰。

就像这一次她生日，我们俩聊到买礼物，她说，要不就订几朵花吧，红玫瑰加香槟玫瑰，我自己订吧，你订的放那种盒子里的不好。

我想了想说，还是我来订吧，我让同事帮我。

太座答应了。毕竟，订花也花不了多少钱，还讨个欢心，这么好的事，以后应该抢着做。

那周五晚上咱们一家三口一起吃晚饭？太座问我。

我周五得签版，早则 6 点半，晚则 8 点，不一定赶上，你们吃吧。反正，心意到了就行。

嗯。那好吧，你要是回不来，我就跟闺女吃蛋糕了。

四

你们谁在网上订过花吗？我在办公室问。大家都摇头。

朱老师，都是别人送我们花，我们自己没订过花。办公室一位年轻女同事跟我说。我一愣，啊啊，是是。周围一片善意笑声。

中午休息时又在工作群里问同事，女同事多，有些建议靠谱，有些建议不靠谱，又到《中国周刊》旧同事群问，也有一群可爱的年轻姑娘。

但是，无论是依着她们的建议——订阅了公众号，还是在网上，中午我花了一个多小时也没搞定自己想要解决的问题。这是老革命遇到的新挑战。不就是想买 31 枝红玫瑰 19 枝香槟玫瑰嘛。可我除了买书能搞定……

一气之下，把订阅的那几个关于花的公众号全部开了。然后垂头丧气地跟太座报告。太座安慰了我，说，算了，这不是你干的活，还是我自己来订吧。

记得买 31 枝玫瑰，19 枝香槟玫瑰，红玫瑰包着香槟玫瑰，应该看上去感觉不错。不好意思啦。

最终，太座的生日玫瑰，我还是委托太座自己订了。

唉！搁现在，我一定是打光棍的命。世界上竟然有我这样笨的人，竟然还有人喜欢。所以，今天，还是感谢世界上有我太座这样的人，愿意嫁给我，跟着我，甚至，愿意养我，还是老老实实说一声：

太座，生日快乐。天天快乐。

1994，太座的第一个江南春节

“人老醒早。反省昨晚醉酒，觉得最对不起的是太座。自结婚以来，她一北京女子，20 余年，每年春节，风尘仆仆挤上南归列车，忍受南方乡村冬日早春的阴冷，和完全不同于北方的饮食和生活方式，追随我的孝心和乡愁。人生如此，夫复何求。”

2 月 12 日凌晨四点多，故乡窗外春雨正急，我从睡梦中醒来，一人坐在客厅里，写了这样一条微信。六点多，不认识路的太座又冒雨开车，在导航的指挥下，送我去往常州高铁站，然后独自回家。

这不是我第一次把太座和孩子留在家里，自己先行返回北京。当然，太座也乐意在武进多待几天。太座和我回老家过年的故事，尤其是 1994 年 2 月，她第一次去往南方过年的故事，颇多意味。或许，这是我们这一代中国人最后的传统，这样的传统，以后可能更多成为个案了。

一、回家

太座出生在北京，生长在北京。我们以最中国的方式相识——经朋友介绍，然后交往，1993 年两人领了结婚证。

太座是老北京，祖上还曾是满族，家里规矩甚多，我也有颇多不适。她父母亲戚朋友很多，是一个大家族，但我那时还是个穷弱书生，家在农村，虽然家庭条件已有改观，但与太座家家境相比，差距甚远。我租了辆跑黄村和公主坟的稍微新一点的 901 小公共汽车，权当婚车。岳父母体谅我，我们结婚时，只安排请了两桌亲友。我们的媒人朋友，还兼了司仪和鞭炮手。

北京的婚礼，可谓寒酸至极，我连一分钱彩礼都没给过。

我骨子里是非常顽固传统的。我是长房长孙，按老规矩，结婚春节要回故乡办酒。父母兄弟在家操持了一切，装修了房子，置办了所有结婚所需的物品，并邀请了远近亲戚，时间定在了大年初一。

我那时当大学老师，太座在机关工作，回家时间可以提前，但是，我花了九牛二虎之力，托了许多人，最后却没能买到回家的两张火车票！那个年代，买票之难，只有经历过的人才知道。

眼见着必须返家的日子越来越近，票还一直没着落，我急火攻心，嘴上起了泡。最后我和太座找到了她一位同学，也是费了许多周折，被他同学安排的人送上了 109 次北京开往苏州经停常州的餐车，两人一张票也没有。那一天，已经是腊月廿八，北京阳光灿烂。

在火车上拥挤的餐车里，我俩枯坐着，列车长叫到一个名字，没人答应，后来一人过来说，你们不就是谁谁送上来的吗？我俩都有些木呆，确实不知道送我们上车的人是谁，我们是被转过几道手送上火车的。

列车长看了看我们说，你们是两口子，票紧张，给你们一张卧铺一张硬座，硬座没坐，但可以待在卧铺车厢。

其实这对于我们来说，已是莫大的喜讯了。我赶紧付了票款，和太座带着行李找到所在车厢。

就这样，我们俩坐着火车，一路哐当向南。第二天，也就是小年夜傍晚，到达了常州火车站——那个时候，火车已经提速，但还需要十八九个小时，至于晚点，更是常有的事。

我们到常州的时候，天已经黑了，正下着冬雨。我们没带雨具，常州火车站附近飘浮着一股我熟悉的大头青味道，太座后来好几年对这味道都特别敏感，接受不了。不过，现在她也很喜欢家里冬天种的大头青。在我心中，经霜之后，那是世界上最好的青菜。

到达了常州，并不等于到家。我家在武进乡下，常州往南大概二十多公里的前黄与庙桥交会处附近。弟弟没来接。我们后来才知道，弟弟和朋友已经连续几天来火车站等候我们，一直没接到，那天就没来了。

现在的人可能会奇怪，怎么会接不到呢？打个电话就行。但那时农村电话还极少，主要靠写信。弟弟他们不知道我们一票难求，所以最初的行程被打乱后，他们也摸不清了。

这个时间段，常州开往前黄的公交车已经停运了。无奈之下，我们决定打车。但火车站打车也颇不易，好不容易截到了辆出租车，因为小年夜，师傅不想拉了，且不认识去往乡下的路，好在过去寒暑假我骑车往返城里乡下，把回家的路摸熟了，而且我答应加 30 元钱，师傅才应承。

从火车站出发，冒着冬雨出了城，最后拐到了前庙公路上，彼时的前庙公路被车轧得有些坑坑洼洼了，不过虽然颠簸，还好走。我在车上看着黑乎乎的车窗外面，跟太座介绍这是哪，那是哪的，其实她什么也看不清。

车下前庙公路折向东，这条路当时是石子铺成的，还没浇成现在的水泥路，地基也不坚实，雨雪后车一轧，车辙里全是泥水，非常难走。司机一边小心开车，一边不断跟我们俩念叨，“真是金光大道啊”。从前庙公路下来，到我家，不过一公里，但路特别不好走，开了好久才进村。那时村前也没水泥晒场，都是泥地，车从楼房与竹园之间的小石子路进去，开到了我家后门口。司机说这个路太不好走了，这么晚了，能不能再给我加 5 块钱，我爽快地加了，也感谢了他。

拎着行李，黑乎乎的后门锁着，拍门，家里人在前面听不见。

我看边上堂叔家透出灯光来，带着太座小心避着水塘，到堂叔家后门，推开，带着太座进去，太座吓了一跳，看一个人在昏黄的灯光下不知干吗。她后来才知道，那是我堂妹正坐在茅坑上解手呢！

就这样，我把新婚的太座，从金碧辉煌的首都带回了阴寒潮湿的故乡。

二、南北差异

那个时候，我的祖父母尚健在，我的小弟弟身体也还好，全家特别热情地欢迎太座——这个来自遥远首都的家庭新成员。

但是，家人的热情，抵消不掉南方冬季的阴冷。迥异于北方的生活习惯，也让太座颇多不适。

先说气候。南方冬季的寒冷，是北方人难以理解的。

太座是一个特别怕冷的人，至今犹是。到家的头晚睡觉，她几乎无法忍受被窝里的阴冷，尽管弄了汤婆子热水袋取暖，也很不习惯盖几床被子睡觉。这些印象于太座有刻骨的记忆。

其实，别说是太座这个自小生活在有暖气的地方的人，连我也害怕冬天晚上钻进被窝的瞬间。

至于白天，家里的阴冷超过室外，但下雨更冷，没有太阳，没法晒太阳。

太座只好裹在棉衣里，抱着脚炉，跟着我。因为家里人除了我和小弟弟外，几乎都不会说普通话。

除了寒冷，还有上厕所，不，上茅坑。太座对头天到达的晚上看见堂妹坐在茅坑上，我们却堂皇而过，尤其不能接受。过去家里的茅坑，都是设计在猪圈边，坐在茅坑上（有座架），猪圈里猪还一蹿一蹿地，不小心还会咬着你的衣服。家里有几个门都可以通向茅坑，坐在那儿，一不小心还有人会经过，当然不会刻意。所以，太座如厕时，我都要当哨兵站岗。

难以忍受的还有洗澡。太座无法想象的是，洗澡竟然在铁锅里，下面还烧着火！太座后来知道，更过分的过去，曾经有过全村人洗一锅水的历史！太座对于按照老规矩，男人洗后女人才能洗这样明显的歧视也不能接受，至今也不能接受。

其实，到我结婚的时候，洗澡的条件大大改善了，像当年安排太座洗澡，是专门为她一个人烧的。但太座无论如何也无法适应在铁锅里洗澡的传统，洗过一次后，这么多年再也没有洗过。她后来是拉着弟妹去前黄镇上的公共浴室，后来去湖塘的浴室或宾馆，直到今天，她也不肯在铁锅里洗澡。

当然，还有饮食习惯。年三十中午家里吃馄饨，当时太座还不习惯青菜猪肉馅的薄皮大馄饨，自己看着门前地里的菜新鲜，非要自己包饺子，说包饺子是北京过年习惯。太座自己跑地里拔了把旱芹做馅——她对我家过去种的旱芹很喜欢，自己和面擀皮，包了饺子，让我们吃，祖父尝了个，笑着说好吃，但不肯吃第二个，其实都是习惯。我们最喜欢馄饨了，直到今天也是。好在如今太座和丫头，都非常喜欢青菜猪肉馅馄饨。

太座过去吃肉不多，鱼就更少（北京人过去吃鱼少），而我家鱼最多。年三十晚上，满桌的菜，以猪头、猪蹄、下水等为主，蔬菜仅有限几样，且全部是白烧，顶多每人面前摆碟酱油。太座北方口味，重酱色，看见白烧的没食欲，当年这一桌菜，她喜欢的只有两样，一样是海蜇，一样是酱牛肉，酱牛肉是买的熟食，有颜色，她才喜欢的！

我后来一直挤兑她放着好东西不吃，不过，太座如今也是故乡风味的爱好者了。

办婚礼那天，我的远近亲戚都来了，摆了不少桌，非常热闹。毕竟我这个在外工作吃“皇粮”的人，还娶了一个北京姑娘回来，算得上是光耀门楣了。

到敬酒的时候，母亲带着我和太座，弟弟陪酒，一桌桌去筛酒敬酒，这过程其实也是交代谁是谁，是什么亲戚的过程，若太座在乡下生活，这也算是一种社会关系的“政治交代”。一圈下来，回到新人一桌，菜肴已凉，很多菜撤了下去——按故乡习俗，除了冷盘，热菜是一道道上的，上一道吃一道，然后撤一道。太座一直耿耿于怀，说办酒那天“菜都一口没吃就撤了”！

三、尾声

南北方城乡之间生活差距如此之大，要说没有分歧抱怨，那是不可能的。但是，对于自己选择的生活以及对别人生活方式的尊重和包容，并不意味着自我的丧失，更不意味着生活乐趣的丧失。

南方冬春之交，依然阴冷难耐。如今故乡卫生及其他生活条件虽有改善，但相比北京的生活，依然有很大距离。但除了一年春节，母亲带着弟妹侄女到北京过了一次年，其他每一年春节，太座都跟我挤上归途列车，风尘仆仆奔向江南，毫无怨言。后来更到了她自己带孩子先回家，晚回北京，已经连续二十二年了。她已经喜欢上了故乡的菜肴，也听得懂慢说的常州话，在常州，也交了不少好朋友。甚至，我们一起规划，等孩子长大，我们会回江南生活更多时间。

我们身边坚持随着夫婿回故乡的女子也不少，但大多年岁比我们更大一些，而且大多数人不会像我家太座一般，每年坚持跟我回家。

许多朋友问过我，朱学东你给谷丽影下了什么迷魂汤，让她这么死心塌地跟着你回常州？

我很惭愧，我没钱长得更不帅。我想太座这样，不是其他，在于我们俩骨子里有类似的情感，比如对于婚姻的严肃态度，对于父母长辈的孝顺，对于家庭关系的珍惜，等等，我们愿意一起守护那种我们自己信守的传统价值。或许这种传统价值，在更愿意选择享受自己生活的年轻一代看来，可能是不值一提的。

但生活就是这样，一代人有一代人的命运，每个人有每个人的命运和使命，这是我们的生活。仅此而已。

2016，我父亲的新年

一、穿着整洁了的父亲

农历猴年到来的时候，父亲刚刚过完自己72岁本命年的生日。

春节前提前带了女儿回家的太座，通过微信告诉我，今年冬天，父母穿得很整洁，比往年整洁多了。

虽然世代务农，父母都是爱整洁的人，而且这些年家境尚可，加上我们兄弟孝顺，穿着整洁对于两位老人来说，本是稀松平常的事。但太座此番印象自有由来。

按我父母的说法，他们自认一辈子都是劳碌命，不会享清福。他们就像上了发条的闹钟，永不停歇地嘀嗒走着。

我回家的时候，父亲正戴着眼镜坐在阳台下背风处悠闲地读着报纸。

他确实如我太座所言，穿得很整洁。

我忍不住跟父亲开玩笑夸了他老人家一句：“这才像是过年的样子嘛。”

父亲抬起瘦削的脸，腼腆地对我笑了笑。

过年穿新衣，是故乡旧俗。平素农村，即便农闲，勤劳的农民也不肯闲下来，总是到处摸索，竭力寻找活计，为贫寒的生活增添些新的收入，弥补田亩岁入的不足。既然不停地要干活，当然舍不得穿新衣服了，只能过年走亲戚或者家里来客人才会穿得整洁一些。即便生活条件有了较大改善后，父母一直都保持着这样的习惯。

“干活要穿什么好衣服啊。”父母总是这样回应我们。

他们穷怕了饿怕了——就像母亲告诉我，每年全家人的生日，不论我们在不在家，她都要敬灶家菩萨灶家嬷嬷（灶神），母亲说灶家嬷嬷最灵光，敬了她就永远不会饿肚子，“我当家后，祖宗之外，只敬灶家嬷嬷”。

永远省吃俭用，永远劳碌，是过去穷困生活留给父母的无法磨灭的心理阴影。我和弟弟的说法是父母“想不开”，我们也想不明白。这是一代人的心理阴影，我的堂叔他们，也是如此地忙碌，永不停歇。

每次我跟弟弟通电话，弟弟都是抱怨父母不停地干活，怎么劝说都听不进去，弟弟希望我出面劝，因为我在外工作，对父母来说影响力更大。

“你知道爸爸为什么今年穿得这么整洁吗？”弟弟既生气又高兴地跟我

说，“幸亏今年天太冷了，到处冻着，他不能出去打鱼了，家里种的菜都冻坏了。姆妈也不再敢差使爸爸去干活了，怕冻着。”

二、父亲的新事业

父亲有几门手艺，冬天真正有用武之地。其一是杀猪。早些年替人杀年猪，方圆闻名，可以给家里挣些过年的费用；其二，父亲更是方圆闻名的捉鱼师傅，冬天故乡河道都用丝网捕鱼，或卖或分，父亲冬天的现金收入，最主要来自打鱼，这还能给家里挣来不少现金。但无论是杀猪还是打鱼，都是脏活苦活，穿不得好衣服。

后来乡下养年猪少了，连我家前两年起也不养猪了，但捉鱼的活，父亲一直没放下。冬天故乡打鱼是特别苦命的活，风大天寒，摸黑出发，天黑回家，浑身湿漉漉的，还一身鱼腥味，但父亲从来没抱怨过。如今故乡能打鱼的地方也少了，过去跟他打鱼的，年纪比他轻的都不干了，只有父亲，只要过去的老朋友老客户找来，父亲一准答应去。

外人看不下去，以为我们兄弟不孝顺，这么大年纪还让干这么苦的活，弟弟恨不得一斧头劈了父亲的脚盆，父亲朝弟弟瞪眼说：“你敢！”我劝说父亲时，父亲总是笑嘻嘻地说：“人家一辈子打鱼都请我，现在人家也都是老头了，也没别的人打了，你说他找上门来，我不去算什么？一辈子交情。再说，我喜欢打鱼啊。而且现在打鱼收入比过去高很多啊。”

除了打鱼，父母过去春节前后还开发了一个新的活计，就是帮人家枭（“枭”，方言音，砍割之意）秆棵（一种茅草），整齐的秆可以做篱笆编大席子，做团子时叶子可以垫下面放粘锅，叶秆都是很好的燃料。每年冬天必得砍伐掉老杆棵，回去家用，而新芽才会长得好，这活同样很苦、脏、碜、累，都是男人的活，有几年甚至大年初一下午爸爸无事就去干这活了。我知道后嗔怪父亲，老头呵呵一笑："闲着也是闲着，这点活算什么，一下午还能挣 100 元呢。"父亲总是那么高兴。

后来与父母的交谈中，我突然间明白了父亲一直跟我说的那句话，"要不干活，死得更快"——不是物理层面适度劳动有助于健康，而是在精神层面上，他们觉得自己还有用，还是有用之人，不是吃闲饭的！我不再反对父母干活，只是再三提醒：高兴、适度、注意安全。

今年故乡遭遇极端气候，最冷时零下 9 度，无法下河打鱼，种的菜也冻坏了，老活计不能做了。父母只能在家晒太阳闲着了。母亲还允许父亲去看人家打麻将了。不干活，身上穿着自然整洁了。

不过，今年父亲又发展了一个新事业，就是帮我在前黄镇上卖熟食的表弟看摊。每天上午吃过早饭，骑着他的电动三轮小拖车去前黄镇上的菜市场，中午回家吃饭，吃完饭稍微休息一下，接着去前黄。

看摊不累不脏，就是盯着点，帮个忙打个下手而已。我上高中时，父亲在前黄镇上摆摊卖自家种的芹菜，我也曾偶尔在上学前帮着看过摊，结果遇上我一老师来买菜，老师很生气，后来跟我父亲说，老朱，你卖芹菜不易，但你挣钱难道不是为了让你儿子读书考大学吗？帮你看摊他就能考上大学？

父亲从此再也没让我看过摊。

在集镇上看摊，不同于在乡下家里干农活，穿得整洁些会观感好一些，有些像城市里的销售人员，都会穿一身西装一样，在故乡，这叫排场。

父亲帮表弟看摊，说闲着也是闲着，还有报酬，也算发挥余热。我没问过报酬几何，父亲也没提。我只是提醒父亲，路上开车千万小心，开慢些，万事不急。这次春节，在南京上大学的侄女告诉我，有次她回家，天下雨，父亲开自己的电动三轮车去车站接她，拐弯时开得急了，侄女被甩出去父亲也没听见动静。

父母去年秋天又给我种了些荷花郎（苜蓿草，一种绿肥，也是饲料），新年时已经长出了幼苗。2014 年我赋闲时跟父母提到回家种菜的事，让父亲给我种些荷花郎，父母看着我齐说我“发痴了”，不太愿意。但后来拗不过我，在后面地里撒了半斤荷花郎种子，去年春天，弟弟还割了一大袋，快递到北京让我品尝，这是我三十余年来再一次吃到荷花郎。我后来明白，荷花郎对于父母他们这一辈人来说，有着一种难以挥去的心理阴影，它有着残酷的记忆。

1960 年大饥荒时代，父母都曾偷过荷花郎，“从来没有做过贼，我跟你舅舅晚上黑灯瞎火去偷荷花郎时，害怕得要命。后来还偷过几次。”母亲跟我讲过自己被迫做贼的故事，父亲也讲过，他们还给我讲过那时一两米粉要做十个荷花郎团子的故事，吃多了会得一种“青紫病”，我后来写了两篇江南旧闻录，分别是《偷荷花郎》和《荷花郎团子》，以记录我的父辈们所经历过的残酷的荒唐岁月。

当然我知道，今天的荷花郎是一种美味，过去吃坏人，一是吃得太多，没主食搭配；二是没油盐之故。

三、父亲要做环保斗士

新年时陪父母聊天，村里也有几个相熟的长辈兄弟一起坐着，父亲忽然激愤起来，指着前面的厂房说，我要把这个厂赶走。我有些意外，说这厂不是谁谁的吗？怎么了？

谁谁的也不行。父亲激动地跟我说，你不知道，去年一段时间，厂里排进南大漕的污水，就像牛奶一样，整个南大漕的水都跟牛奶一样。去找他们，他们还不承认。我本来想找人拍两张照片，让你发网上去。哼，我不知道环保局电话，我要去查，我要实名举报，非把这事解决了不可。

父亲觉得，这样的问题不处理，周围的人早晚都会得病。去年北边我家责任田和自留地边上北大漕，河面上漂浮了一层柴油，父亲找人讲没人搭理，自己在地里烧麦秸，结果管环保的要来罚款50元，父亲大怒，说让你们把水管好，你们不管，却来管我在自己地里烧麦秸，你们把厂管好了我认罚！爸爸强横，乡村管环保的倒也不敢撄其锋，悻悻然走了。但厂里排放还是没人管，北大漕水面上依然漂着一层柴油花。父亲思前想后，激愤之下，把几把稻草点着，扔进北大漕。父亲期待火把能够点燃漂在水面的油花，顺着烧上去，把厂给烧了。

“没想到，这水面上的柴油点不着。”父亲有些懊丧。

我却吓了一跳，英国工业革命初始的时候，被大工业摧毁的手工业者就做过类似的事。

我赶紧劝阻他，别这样干，有什么跟我们兄弟说，我们出面。父亲摇头，说这些事是他的事。

后来父亲遇到这家厂的至亲，也是本乡本土的熟人，几番抱怨后，这个厂里的排污问题稍微好了一些。今年父亲特意跟我提了这个事后来是如何解决的。

现在村前排污的企业，一直是父亲的心病。这个厂建在我家及另外三家的责任田上，当年征用这块土地时，我尚在《南风窗》总编任上，父母和村里另外三家坚决不同意出让，认为承包期限未到，但村里大多数人事不关己，且被小恩小惠迷住，希望出让，当时父亲也是极度愤怒，扬言把铡刀重新打磨了，谁敢未经同意擅自开工，就试试看。

后来此事妥协解决，但父亲一直耿耿于怀。如今这个厂又排污，先污染了前面的小漕河葫芦头河，又污染了南大漕，父亲更加气愤。

我家所在，旧时风水说是乌龟地，状似龟板，旱涝保收，村子往南，出门一里三横河，水清则灵，是老风水口中的宝地，讨口彩说是富贵地。前些年虽已污染，但还没有今天这般彻底。父亲说我们还在此地生活，不管一管，都会得毛病的。

我劝父亲让我来找管环保的人，弟弟劝我先不要介入，弟弟已经举报过了，结果还有人排查谁举报的，还托人跟我弟弟说和不要举报，弟弟拒绝了。弟弟说不让父亲插手，他年纪大了，又沉不住气，容易急躁，反而无助于解决问题。

父亲不愿到外面去，去过北京几次，原本答应要多住一段时间，通常三天后就开始跟我念叨想家了，要回家。这些年死活不肯随我去北京。正是在每年与父亲的这些平常的攀谈闲聊中，我理解了这块土地之于他们的意义，之于我的意义，我理解了他们坚守并努力卫护生养自己的这块土地的精神所在。但我知道，他们在自己的土地上，根正在一点点被斫断，就像失去大地的安泰。

我说，等丫头可以离开，我就回家，跟父母一起种菜养羊。父母依然如过去般笑我发痴。父母这么大年纪，卫护自己家园，不就是为了让我们及我们的后代，依然能有家可回，有故乡可念吗？

四、父亲的富贵地

我返京前最后一天在家读高华的《历史笔记》，家里来访客，我放下书和客人聊天，送客人走时，父亲正在阳台下认真翻看着我这本书。父亲把书还给我时，眼光有些疑惑，我看书里折了几页，是父亲折的，翻看一下，我明白爸爸的疑惑，这跟他日常接触完全不同。父亲对历史也很感兴趣。他是高小毕业，算得上农村里有文化的人，我爱读文史，其实是受父亲影响。不过，父亲所读，大多是修饰的官史或者一些文摘类报纸的道听途说的猎奇。

父亲曾经跟我抱怨过社会不公。我理解父母的困扰。我只委婉地问了父亲几个问题：我们这儿是不是好地方？我们是不是都是特别勤劳肯苦的人？你小时候吃过这样的苦没有？过去公社说要开河拆你房子你敢不敢说拿把铡刀不让动？什么人要有多大的本事才能把这么好的地方这么好的老百姓折腾成这样？

父母从此再也没有跟我提过类似话题。只是，此番我没有时间向父亲解释他在这本书中看到的复杂性。

临走时，我再三提醒父亲，少干活，开车慢点。父亲依然如过去一般嘿嘿一笑，说知道了，不干死得更快，并不忘提醒我有空多回家。

汽车掉头驶出了村子，我摇上车窗，转过头，突然间想起吕德安的那首诗——《父亲和我》，心里一阵难受：

父亲和我我们并肩走着
秋雨稍歇
和前一阵雨
像隔了多年时光

我们走在雨和雨的间歇里
肩头清晰地靠在一起
却没有一句要说的话

我们刚从屋子里出来
所以没有一句要说的话
这是长久生活在一起
造成的

滴水的声音像折下的一枝细枝条
像过冬的梅花

父亲的头发已经全白
但这近乎于一种灵魂
会使人不禁肃然起敬

依然是熟悉的街道
熟悉的人要举手致意
父亲和我都怀着难言的恩情
安详地走着

我写不了诗，但早就勾勒好了一本书，《父亲的富贵地》，我一定会写出来。

2017，父母的新年

2017 年的新年，父母是在比较孤独萧索中过年的。这应该也是他们的第一次。

因为第一次轮到签片值班，有了孩子后，我第一次没和父母一起过年。

我的女儿初五要去美国游学，所以，太座和丫头也没有回家，而是留在了北京。

我的弟妹和侄女，带了很多父母种的蔬菜和做的团子——虽不值钱却都是我的挚爱——从故乡来到了北京。

家里只留下了两位老人和弟弟留守。原本每年热闹的团年，一下子变得萧索，甚至我想，有些凄凉的况味。年三十的时候，原本每年都满满的一大桌菜，弟弟只弄了几个旧俗年三十必得有的和几个素菜，甚至，父母兄弟三人，都没有正式在八仙桌上吃年夜饭，而是在灶间的小桌子上吃的。

善饮的母亲破天荒，第一次过年时没喝酒，因为感冒了。往年和我总是在年三十大碗喝酒大口吃菜的弟弟，后来也只是说，简单地喝了点，因为母亲不喝，我们又不在家，“没气氛”。

与如今乡下人家兄弟各自分门立户不同，我们家从来没有考虑过分家事宜，从祖父母到父母，到我们兄弟，我们都喜欢热闹的大家庭式的生活，当然，这或许也跟我在外工作有关，跟计划生育之后晚辈人少也有关。但重视家人团聚热闹的生活，这一直是我们家的传统，也是我过去无论如何都要弄到一张回家过年的车票的原因所在。过年只有回家的念想，而从来没有经济的考量——回家是我的价值判断。

“没气氛”，不只是弟弟的感觉。我想也是父母的。只不过，敦厚朴实的父母，从来只是为我们做儿女的考虑，而没有替自己考虑。

年前因为不能像过去似的回家过年，电话里跟父母解释并致歉。父亲说，在单位上工作嘛，不能尽如自己的意思，轮到自己值班，那也应该的，好好工作，总是要有人去做；母亲说，孩子的教育重要，为了孩子，难得不回来过年，没关系的，先顾着孩子要紧。

父母就像从前一样，永远站在理解支持我们的决定一边。

我初五晚上到家，在家里吃了晚饭。母亲因为身体原因，依然没喝酒，父亲也与过去一样，不喝酒。他们忙碌完后，早早就上楼安寝了。

初六一大早回乡下，想跟父母聊聊天，却发现父母早下地去干活了！

“家里有旧年裹的馄饨，做的团子，想吃什么，就让你弟弟给你们做。”母亲给我们留下话，就跟父亲去自留地上梟杆棵了。

母亲知道，馄饨和团子，都是我的最爱。每次春节回家，连同咸粥，母亲总会弄给我们尝尝。

楼房前的晒场上，已经堆着一堆杆棵了，是前两天我们还没回家时父母去梟回来的。

杆棵是故乡旧物，多年生植物，学名是什么，我不知道，其直的茎秆可以做篱笆搭瓜菜秧架子，俗称鸡头棒，其他的晒干可以当柴草。不过，其叶子锋利如刀，割人很厉害，我小时候没有少被杆棵叶割伤过。杆棵每年冬天或新春就要梟割一次，来年新的长得会特别好。

“你家姆妈厉害咯，大过年还跟你家老子去梟杆棵，现在男的都不愿干这个活了。”村里的同族叔父这样跟我说。梟杆棵是个苦活技术活，一般都是男人的专利，弯腰用镰刀砍杆棵根部，要不伤杆棵根和新芽，还要防止杆棵叶割人，兼之活也比较脏，俗话说“碜”，所以一般梟杆棵时都要把自己包起来。

晚上回家，父母也早已在家了，他们不仅上午去梟了，下午也去了。父亲说，今天梟杆棵，把镰刀都笃断了。

“不是叫你们不要去梟了吗？”我有些不快，因为心酸。“不梟？他们不仅梟了自家的，连叔叔家的也去梟了。”弟弟很生气，“怎么说都不听。”

前些年父母在年初二就帮村里人去枭秆棵了，我跟他们说，父亲却说这点活算什么，闲着也是闲着，帮人枭一天几百块钱呢。

“枭这么多秆棵干吗呢？”我问母亲。“当柴烧饭用啊。”“你现在还缺柴草吗？家里到处都堆满了。”“烧起来用得挺快的。现在的稻草和麦秸跟过去不一样，不经烧。”母亲永远有理由。

“歇着也是歇着。从村东到村西，现在村上都没人，有人就是打牌赌钱，我们又不赌钱，天天吃饱了不干活，不就是等死啊。再说了，我跟你妈去干活，累了就停下来歇歇，又不像过去了。动动，身体好。”

父亲的理由永远是一个，多少年没变过：不干就是等于等死。不打鱼后，父亲冬天的活计，就剩下这个枭杆棵了。

我默然无语。只好说，不要这么“齁人哇啦”（方言，往极致里干的意思）。我劝弟弟，随父母去吧，他们这么大年纪，愿意干，是我们的福气。

“这点生活不算什么，不就是动动嘛。”父亲笑眯眯地说。

他们永远这样。这也是我们父子两代人的歧见，我永远无法说服我的父母。

母亲的三八节

今天三八节。北京的早上很冷，刮着大风，倒春寒。我一早给家里打电话，电话铃响了很久，没人接。

弟弟弟妹早已去上班了，但父亲母亲呢？他们也没在家。我能猜到，父亲和母亲大概又下地瞎忙去了。他们永远这样，除了母亲曾经受伤痛煎熬的日子。

我能想到，今天母亲照例会起得很早，天微微亮就起床，下楼。然后用那平时劳累而疼痛的甚至冬天会皲裂的双手，淘好米，倒进铁锅，默默坐在灶窠里，点起灶火，认真地往灶膛添柴，把火烧旺。

柴火映红着她老人家苍老却永远充满精神的脸庞和满头银丝。日复一日。

做好早饭，她会把头天家里人换下的脏衣服浸泡在铁盆里——她老人家还不喜欢用洗衣机，然后打开大门，把门外的晒场扫干净。然后，等着家人起床，吃早饭。早饭之后，母亲则开始洗衣服，在阳台下的竹竿上晾晒好衣服，她就下地，去捣鼓家里的那几亩地。下地现在是母亲和父亲的专利。

我过去回家探亲，通常要睡懒觉——只有在父母身边，我才睡懒觉，像个孩子。日上三竿还未动静时，母亲才会在楼下喊我，问我吃不吃早饭。她要洗刷饭锅，准备午餐。而这时，母亲通常已经从地里干活回来，或者摘回了一篮菜，这菜都已经在院子里的井台上洗干净了。

三八节？我曾经开玩笑问过她老人家——她老人家其实不用回答我也知道她的答案——她总是微微一笑：放假？乡下人哪有什么假期哦，该干活还不得干活，该吃饭还不得吃饭？放假了，要干的活谁干？

母亲不是不知道三八节，我们党这么多年灌输，大队有妇女主任嘛，农村老太太也知道有这个节，三八国际妇女节。

可跟她们有什么关系？

母亲当过社办厂亦即乡镇企业工人，用今天的话语来说，是农民工，在本乡本土的农民工。母亲工作的那个社办厂是个预制场，是浇筑水泥制品的厂，在厂里女工干的都是男人干的活，非常辛苦。除了过年，以及本地的一些传统节日，比如三月半，庙桥的节场（椎场），过去是乡下春天难得的大集市，会放天假，走亲戚买东西之类。

三八节？从来没有放过半天假，母亲也没有收到过任何补贴。下班回家，还得忙自留地家里的活。

20 世纪 90 年代，苏南模式破产，社办厂改制，母亲洒下无数汗水甚至鲜血（母亲的一条腿被砸断过）的社办厂，给了母亲 2000 元，买断了她所有的付出。母亲重新回到家里，当个农民，专注家里的责任田和自留地，养猪养鸡，操持几乎所有家务，干着不弱于任何男人的活。

母亲没有一声抱怨。

母亲的性格，太座评价说“拧”，这个字跟故乡方言中“韧”（“韧”，方言，音近“拧”）意思类似，其实就是刚烈勇毅决绝，无论遭遇何种不公，何种委屈，她永远是“靠我们自己”——无论是早年父亲受委屈，还是对我们兄弟的管教，或者是母亲当家后主导家里造房子，抑或其他，她表现出了一个与她受过的教育程度完全不合的见识。母亲认不了多少字。

母亲当然不会把三八节这种“恩赐”的福利放在心上，在她的生活中，除了传统的日子和风俗，没有这样的洋节日。因为这种“洋节日”从来没有温暖过她们。

作为农村妇女的母亲，与三八节更是越来越远。

三八节，一个追求妇女权利的节日、一个世界左翼和社会主义运动的伟大成果、一个追求妇女独立自由平等权益的纪念日，在社会主义中国，它过去只是政治上的符号，只是城市女性、知识女性的专利，后来商业社会则泛滥成女性消费的狂欢。

但无论是社会主义中国过去高扬妇女权利时期，还是今天泛滥的消费时期；无论是作为社办厂的农民工，还是作为一名乡村女农民，还是今天作为一个年老的农村妇女，一辈子奉献的母亲，从来没有过过三八节。

但我知道，母亲的尊严，母亲的权利，都与这个伟大的节日无关。她老人家所追求的，也不是现代意义上的那种独立、自由、平等的价值，但她所坚持和追求的那种传统的价值，同样需要尊重。这种追求，没有也不需要节日的表彰纪念，而是弥漫在我们的日常生活中，并在家族中一代代传续。

在那些我所认识的故乡农村妇女中，母亲是最有尊严的一个普通女性。她所有的尊严，来自她一辈子的付出和坚持。从这个意义上说，母亲和那些早些年为追求女性平等权益的先驱者们的努力一样，不过她老人家一辈子都是默默付出。

我的谎言

在重大事件面前，拒绝撒谎，是一个人灵魂得救获得自由的开始。

——题记

一个人意识的真实历史，往往始自他撒的第一个谎。

布罗茨基在他的散文名篇《小于一》中写道。布罗茨基记得自己撒的第一个谎，是7岁的时候，在学校图书馆填写借书申请表，要填写“民族”一栏。布罗茨基已经清楚地记得自己是犹太人，但是他对管理员说不知道。

犹太人过去在俄罗斯的命运很是不济，反犹主义曾经很盛行，犹太人常遭歧视，所以布罗茨基说，自己撒的第一个谎与自己的出身有关。

我仔细回忆，也想起了自己所撒的第一个谎言。之所以记得，是因为撒谎产生了严重的后果。我的谎言不像布罗茨基，与出身无关，与政治和意识形态文化冲突都无关。

我记得自己撒第一个谎，还不到 7 岁，大概是 6 岁。

当时还是人民公社时期，家里大人下田的时候，我们这些无人照料的孩子都跟着大人下田，不是去干活，而是被留置在田间地头，自己玩草玩泥巴。大人时不时可以直身察看照顾。我母亲在镇上的社办厂做工，父亲是壮劳力，干重活也不能带孩子。平常都是我祖父母带我们兄弟仨下地，最小的弟弟才断奶不久，作为老大，我在地头还得看管两个弟弟。

那是一个夏天，快接近中午的时候，我跟祖母报告说，要回家喝水。

夏天下地干活的大人，通常都会带着水，但那次就在村子附近的地里，祖父母没带水。祖母经不起我哭闹折腾，放我回家喝水，临走再三交代，喝完水赶紧回来，尤其提醒，不要乱走。

我兴高采烈，拎着一根当枪玩的葵花杆，光着脚一路跑回了家，我家的小狗紧跟在我屁股后面。不过，我没有像跟祖母哀告的那样回家喝水，而是去了村头小河边的埠头上。小河边的埠头，由青石板铺就，隐在河面下还有好几个台阶。边上还横架着一块长条青石板，可以容纳好几个人同时淘米洗菜。

我先在水里的石阶上洗了脚，然后返转站到长条青石板上。虽然天天跟着大人跑河埠头，但我那时还小，不知道河深浅。一时起了好奇心，拎起葵花杆，想探探河有多深。

多深？葵花杆往水里一戳，没够到底，又一戳却落空了，我顺势掉落了水里！

当时我还不会游泳，虽然边上青石板触手可及，但那个时候根本没有意识，惊恐之下，唯一能做的，就是双手使劲乱拍水，身体在水里扑腾，或浮或沉，浮起时便喊救命，呛水之后，连救命也喊不出了。

我家的小狗见我落水，在埠头上朝着河里狂叫，声音凄厉。村里一位同宗兄长本来回家换衣服要去走亲戚，听狗叫凄惶，不知何事，跑来一看，原来是我落水了，赶紧跳进水里把我捞了出来。

兄长一边给我控水，一边叫村里赶来的其他小孩去地里叫我祖父母。祖父母赶回时，我已经躺在家里的竹床上哭着，几个小孩陪着我。看我那害怕的样，祖父母又生气又心疼。

父亲也赶了回来，第一件事，就是毫不怜惜地把我从床上拎了起来，使劲打我屁股，一边打一边责骂我，我又疼又委屈，哇哇大哭。

这是父亲第一次暴打我。我后来问父亲，为何这么凶狠地打我。父亲说，一来我不听话玩水，二来竟还撒谎骗家里人，小小年纪如此，长大了如何了得。

我哑然。父亲一辈子打我次数很少，但都很严厉。第二次暴打我，也是因为我撒谎。

那时我已上小学，自告奋勇代父亲去街上卖甲鱼壳，当时是去走马塘街上卖的，卖完后偷偷拿了其中 2 毛钱，买了本小人书，我还记得叫《桑葚红了》，是讲抗日小英雄的。

父亲知道这点甲鱼壳能买多少钱。我回家跟父亲说是掉了 2 毛，不敢告诉父亲自己偷了 2 毛买小人书了。父亲后来在我枕头下发现了小人书，又打了我一顿，用的是担绳。

按父亲的说法，这叫吃记性，让你以后不说谎。

布罗茨基说，一个男孩同迫近的命运斗争的唯一方式，就是脱离轨道。虽然我撒谎也是脱离了常态的轨道，但当时我并没有布罗茨基后来认知的那种意识，是“同迫近的命运斗争”。或许，这也是一种潜意识？

父亲给我的这两次暴打，在我当时的身体上都留下了印痕，在心灵上也留下了创痛记忆：撒谎是要受惩罚的。

四十年过去了，父亲给我的教训我依然记得。但生活中，撒谎少了吗？没有。在生活艰难的时候不顺心的时候，我也会跟父母家人撒着善意的谎言，以免他们担心。当然，还有另一种谎言，虽然自己也常感到羞愧和不屑。

一个有头脑的人，“他就一定要尝试着与这个体制斗智，采用各种各样的计谋，如兜圈子，同上级的私下交易，编造谎言、保持半亲戚式关系……”但如同布罗茨基所说，这个人所编织的谎言之网，无论他获得了多大的成功，无论他具有怎样的幽默感，他都会鄙视自己，“这便是体制最后的凯歌：你无论是抗击还是参与它，你都会同样感到有罪”。

夜深人静写日记的时候，我有时也会想起父亲当年的巴掌和担绳，常常感到羞愧，却又无力彻底放弃。

当年，我们无知无畏填志愿

1985年，我参加高考那会，填志愿时，高考还没有开始。我们属于填了志愿上考场的一代。不像如今的孩子，成绩发榜后，可以根据成绩和分数线来选择自己喜欢的学校和专业。虽然竞争可能会激烈一些，相比我们，还是要好一些，我们属于瞎猫碰死耗子一类，全靠平时判断和自信，更为残酷。

当然，我们也会有一两次的模拟考试，但模拟考试，也不过是全县统一的，与全国统一的高考试卷差距甚大。比如说，我就曾经在一次模拟考试中，超越了我们班一位最聪明的丁同学，这也是我们在文科班时，我唯一一次考试总分超过他，但我填志愿时，却绝对不敢按照这模拟考试的分数来填报志愿。

填志愿的具体时间，大概是6月底7月初。记得那一天下午3点左右，学校组织全体毕业班学生开会，做填志愿和考前动员，地点是在学校的大食堂里。彼时赫赫有名的乡村中学前黄中学，还在乡下前黄镇上的老校区，树高荫大，我们 85 届 4 个班，文科 1 个班，30 多人，理科 3 个班，都 50 余人，共 200 余人济济一堂。

我刚坐下，我的班主任管元龙老师就找到我，告诉我，现在有一个机会，南京大学给了我们前黄中学文科班 2 个推荐名额，录取时可加 20 分，并优先录取，专业主要在中文历史哲学法律等。另外，南京师范大学和苏州大学可以免试保送，管老师让我好好想一想，开完会告诉他考虑结果，他报给学校。

20 世纪 80 年代，千军万马过独木桥，高考是农村孩子摆脱“面朝黄土背朝天”生活，吃上国库粮的唯一途径。一般人为防止高考马失前蹄，确保自己“转户口”（彼时考上大学，拿着通知书即可办理从农村转为城镇集体户口），对于保送是第一追求的，而高考加 20 分，优先录取，也是同样羡慕死人的。

在严肃的高考动员和填志愿大会结束之后，我告诉管老师，我放弃推荐上南京大学的机会。

至于南京师范大学和苏州大学，对于怀抱“鸿鹄之志”的我这种小燕雀来说，更不考虑了。多年之后在苏州大学演讲，参观校区后，我曾开玩笑说，当时若是来过苏大，见校园如此漂亮，或许也会犹豫。

南师和苏大的名额，最后分别给了两位女同学，两位同学毕业后都服务于母校前黄中学，其中一位后来当了政府部门的领导。我答复管老师的时候，我们几个同学都在场，我的一位同学说，朱学东，你也太牛了吧，南京大学都不上。管老师也劝了两句，我还是放弃了。

其实，不是我不喜欢南京大学。彼时年轻气盛，摆脱羁绊的追求超过了任何。

在我心中，南京离家太近，有位世叔在南京工作，混得挺好，我若在南京读书，一举一动都会在父母掌握之中，而且少不得受亲朋好友干涉，不如远走他乡，自己开一条新路出来。

会后初填志愿，我选择了吉林大学哲学系。其时我的历史老师李老师，毕业于人民大学，很推崇当年赫赫有名的实践马克思主义的哲学家高清海先生，高先生当时就在吉林大学哲学系任教。

我自小生活的那个小村子，按宗谱也算攀附了朱熹后裔，读书人颇多。放学回家，跟父母说起自己放弃南大机会，报了吉林大学，围着的村里那些当老师的长辈都说我太傻，其中一位说，南京大学是什么？过去是中央大学，放着这样的学校不上，跑到天寒地冻的东北去，算什么呀，吉林大学又没什么名气！

父亲听了，连夜赶到镇上，找到我班主任，管老师家与我家相熟，父亲恳求管老师，不上南大也行，一定要阻止我报考东北的大学。我后来跟父亲聊天，发现当时父亲对东北的印象，完全停留在林海雪原的天寒地冻里，其实，我也是。

第二天一早上学后，管老师找我，因为我拒绝了南大，泼出去的水自然无法收回，管老师苦口婆心劝我别填吉林大学了。丁同学选了复旦，陈同学选了外语类，南京大学的一个指标给了我们班孙同学，他现在也是父母官，我拿过招生简章，选了当年招生简章排序第一的中国人民大学哲学系。

管老师劝我，既然上北京，还是哲学系，就建议我选北京大学哲学系，将来考上了也好有个照应。我的同村同宗长辈、也是我同学的伯父朱德生先生，其时是北大哲学系主任。

我又拒绝了。这不又回到熟人的世界去了吗。

填完志愿，大松一口气。那天下午，我跟陈同学坐在学校门口郁郁苍苍的松树下光溜溜的青石条上，看着我们班同学的争执，也聊了我放弃选择南大等的想法。按今天世俗的眼光看，太幼稚了，不过，彼时却是我的真实想法。

我后来的大学四年，没有亲友扶持，走过了四年。直到工作确定以后，我才去北大拜访朱德生先生，朱先生还说，当年你考上人大后，你爷爷还托付我照顾你，但从没见你来找我。

没去看望长辈，虽有千般理由，多少也属于没有规矩。

然而至今回忆，仍然感谢当年的这一选择。

1985，我的高考

我是在 1985 年参加高考的，彼时的考试时间，不是现在 6 月 7 日和 8 日，而是 7 月的 7、8、9 三日。

这三日，正是我江南故乡的酷暑时节。

1985 年 7 月 7 日，万里无云，一早知了就不停地高唱“热死了”。早饭之后，父亲骑着他那辆二八凤凰自行车，把我送到高考考点。

考点就设在我的母校，江苏省前黄中学，是一家颇有声望的乡村中学，也是江苏省的重点中学。前黄是一个乡镇的名字，距离我家大约 3 公里。

当时的我还没学会骑自行车，中学 6 年，都是步行上学的。父亲骑车送我上学，这是第二次，第一次是我摔坏了腿，没法走路了。

因此，高考时父亲的这番行动，就好比今日那些家长开车接送一般，也算是极度的重视了。

父亲送我到学校门口的时候，时间尚早，不过，学校门口的铁门外，两边多年生的苍松翠柏下光溜溜的青石条板上，已经有好几个卖冰棍的坐着了。

在校门口，父亲给了我 5 元钱，说，你想买什么就自己买点吧，自己注意点，下午我来接你。

父亲没有像现在的那些家长似的，等在校门外，而是交代几句之后，便骑车回家干活了。

5 元钱，对于我来说，是出生以来拥有的最多的钱。但三天考试，我一分钱也没舍得花。

三天考试，父亲所做的，就是每天早上骑车送我去学校，傍晚来学校接我。每天我回家，家里早已做好了饭菜，等着我，平常调皮抢吃的弟弟们都变得规规矩矩的，不敢乱动筷子。

考试还算比较顺利。我虽然不是学霸，但成绩在我们班还算不错。因为自己的物理太差了，我读的是文科班。彼时“学好数理化，走遍天下都不怕”还流行，我的母校虽是乡校，但高考理科一直不俗，有“进前黄高中，一脚已踏入大学”之说。

我同学的母亲是我的化学老师，初中时便相熟，分班时听说我要上文科班，操着一口苏州话教训我，说文科班是“勒色”（方言，垃圾）班，意即大多是学习不好的人读的，即便成绩不错，也多因是色弱而进文科班的。她劝我读理科，并说像你这样的人，加把劲，一定会考个不错的大学。但我最终还是选了文科班。

文科第一天考的是语文和地理。

语文考试，我是第一次接触到页数如此之多的试卷，不过，我做得还是很快很顺利。像汉语拼音之类的题目，我这样即便当时不会说普通话的人，考试通常也不会错多少的。

作文是根据材料写篇不少于 800 字的文章，大意是说一个叫澄溪的地方原本山清水秀，如今却风景不再了。

我的作文题目用了“澄溪不澄”，这也是那篇作文收尾的最后一句话。作文的字数，连标点符号，800 多一点。

写完作文，简单检查一遍，我便交卷了。监考的老师和在教室外服务的低年级学生都很吃惊，大概很少见这么快就交卷的。当时的高考，决定着我们这些人，将来是“修地球”，还是吃上年岁有盼的国库粮。至少，大家的考试态度，是极其严肃的，所以，我这个也算有些另类。

交卷之后，我一人无聊，便背着书包，坐在学校食堂前高大的梧桐树下的水泥浇制的乒乓球案上，双手撑着桌面，晃着双脚，仰头望天。

我的语文老师杨金达先生是武进名师，见我这么早交卷出来，说这么多内容，你怎么这么早交卷了？

我估摸考得不错，跟杨老师说，大概能考个 90 分吧，杨老师很吃惊，他觉得今年高考难度不低，量又特别大，有些不相信。

杨老师的疑问，一度也让我有些惶恐，担心是不是漏了页数没做。但既然交卷了，即便是漏了，也无能为力了，听天由命吧。

下午考地理。我的地理老师也是武进名师，讲地理一张图，非常有名。地理考的主要还是死记硬背，或者背诵的技巧，也还算顺利，我也提前交卷了。

第二天考的是数学和政治。

我是文科班的数学课代表，做得也很快，不过，附加题我没做，也提前交卷了。

下午考政治，吭哧吭哧之后，我是正点交卷的。感觉考得也不错。

9 日考的是历史和英语。

那一年的历史特别难，填空题甚至有些刁钻，幸运的是，我都看到过。

历史的大分题目中，有一道是对李鸿章和洋务运动的评价的，我对李鸿章和洋务运动给了相对比较多的正面评价，与教科书略有差异。

历史考试我觉得跟语文一样，极其顺手，比语文交卷还早。交卷之后，跟负责监考服务的低一届的师弟妹们吹牛，碰上曾经教我政治、当时是学校教导处主任及教历史的李培森老师——李老师出生苏州望族，人民大学党史系毕业，我最终选择人大哲学系与他对人大和吉林大学哲学系高清海先生的推许有关，李老师说，今年的历史试卷特别难，你怎么这么早就交卷了？

彼时我在学校成绩还算不错，没有人会认为我是自暴自弃弃考，所以见我提前交卷，包括杨老师和李老师在内的很多人都违反学校不得向学生打听考试情况的规定抑制不住问我。

我向李老师保证说，历史我能考 93 分！旁边的同学瞪大了眼，看我吹牛。

下午考英语，我的英语一向一般，附加题也没做。但是正点交卷的。

当时我们语文和数学是 120 分制，其他科目都是百分制。

到 7 月下旬，高考成绩出来，我的语文得了 87 分，虽然也算不错了，但不够自己向杨老师吹嘘的 90 分，以至于我后来在学校里看见杨老师，觉得丢人，都躲着走；历史考了 97 分，比吹牛的还多了 4 分！

2009 年，前黄中学 70 周年校庆，已经退休的李老师，还记得当年考完历史我跟他吹牛的场景，回忆时大家都哈哈大笑。

至于数学，我是丢了数学课代表的脸的，虽然过了百分，但比许多同学都低，至于政治和英语，比我们班平均分还低，尤其是政治，比班级平均分低了好几分，奇怪得很。

最后一天下午考完试之后，是弟弟骑车来接我的。到家后，我没顾上村里人的问候，扔下书包，穿着衣服就直接跳进了村口的小河里，游了个痛快。

那一年，我考上了人民大学，而我们前黄中学文科班，彻底地打了一个翻身仗，在常州市一市三县中，不仅高分有常州市文科状元，包括重点大学、一般本科及专科录取率，都高居常州市榜首，为我们的班主任、武进数学名师管元龙先生大大争了一个脸——管老师以让学生自我管理为要，一直饱受非议。

那一年高考之后，我离开了农村，进城了，从此，开始了与我父母兄弟完全不同的生活。

在我的面前，一个全新的陌生的世界打开了大门。

第四编

饭醉党

这些年，我们参与吃垮的著名饭馆

近日，看到了北京金钱豹最后一家门店停业的报道（见绿松鼠微信公众号《北京最后一家“金钱豹”已停业！供应商上门讨债称其拖欠 2000 万元》）。读到这篇文章，我很讶异。真没想到，曾经那么红火的饭馆居然停业了，真是花无百日红。

当然，金钱豹的红，绝对是超过了百日的。在北京，我曾经去过金钱豹的几个门店，不过，都不是自己掏钱，而是土豪朋友请客或其他情况才去的。要是我个人，打死我才不去呢。

我去的次数最多的一家金钱豹，是亚运村北那家。两家我的好友都在那儿请过我们全家几次。第一次去那儿，是好友夫妻从国外回来，就在那家金钱豹请我们全家吃饭。当时我的孩子还小，不过她喜欢这金钱豹的氛围和吃喝的食材，而我除了生鱼片，对其他食物兴趣都不大，所以，每次去吃，我都是陪衬角色。想想，有几个人会去金钱豹吃自助餐，喜欢在那煮蔬菜豆皮海带的！

后来几次去，是另一对好朋友夫妻俩带我们全家去的，他们家就住亚运村附近。朋友跟我一样好饮酒。我们每次去金钱豹，不是揣了瓶五粮液，就是一瓶牛栏山二锅头，我照例用鱼生和蔬菜下酒，我们俩喝酒聊天，朋友夫人和我太座及孩子聊天（朋友夫人还是我孩子的钢琴教师）。他们出国前我们最后聚餐，也是在那儿进行的。如今，朋友和夫人已经在海外，不知他们看到关张的消息心里会怎么想？

看到金钱豹关张的新闻后，我自己掰着手指算了下，作为饕餮之徒，在不少著名餐饮店吃喝过，除了金钱豹，还有哪些自己吃过垮了的呢？哦，还有湘鄂情、静雅、俏江南。

先说说湘鄂情。

我很喜欢吃湖南湖北菜，湘鄂情我也去过不少店。但后来有一次去西单那家，彻底震撼了。那次是同学请客，那个厅堂之宏大豪阔，让我这个乡下人惊呆了，这是吃饭的地方吗？

我这样的土包子，在这种地方吃饭，就像那进了大观园的刘姥姥，一直是惴惴不安，食之无味的。我会在心里盘算，这一顿得吃多少钱？一晚上就这样熬过，不知道吃了什么，不知道说了什么，也就填个肚饱而已。这种场合，绝不是一般人消费的，消费也不是为了品味美食。

幸福大街北端路口有家湘鄂情，有一次和朋友去喝酒，朋友自己带了酒，但一位朋友想喝茅台，于是请客的朋友就在酒店要了一瓶，结果打开一尝，假的。不知这“情”在哪里。商业以诚信为本，以当时湘鄂情的火爆，还卖假酒，我自己的感觉是——必垮无疑。

后来我到报社工作，发现这家也垮了。再后来看《新京报》经济版，才知道那个乱成一团糟的中科云网，原来跟湘鄂情有些渊源。

静雅是山东菜，主打海鲜。北京的静雅，黄寺大街和金宝街的店我都去过。没去金宝街那个店前，我感觉很有意思，一个饭店居然紧挨着军队机关。金宝街那家，是真正开在奢华的商务区的。消费不菲的静雅，以海鲜为主，但其虽以高端闻名，我最喜欢的一道菜，却是里边的山东大包子，其他的，也就是蘸酱菜了。

至于俏江南，初在北京开业，以其宣传攻势之凌厉，吸引了很多时尚之人去用餐。我第一次去俏江南，是一位大学女同学请客。吃完饭，我说，这餐厅这样的菜色糊弄人，能办下去吗？请客的女同学自我解嘲说，人家讲究的是用餐环境。我应和着点点头。

后来再去俏江南用餐，我都是非常被动地被拉去的。我毫不掩饰对俏江南菜色的鄙视——我不甚喜欢静雅的海鲜和湘鄂情，但我从来没有鄙视过这两家的菜色，也没鄙视过金钱豹——只有俏江南这家，从第一次去，我就对它改进型的口味有敌意，甚至对它使用的名字“俏江南”有敌意，我觉得糟蹋了“江南”两字。

作为饕餮之徒，虽然平素最好流连于市井小馆，但我还是保持着一个饕餮之徒特殊的味觉，无论高中低档餐馆，但凡我说菜色不错的，都能火爆，但凡我说不行的，几乎无一例外，会关门歇业。

菜色服务，当然是餐饮的基础。资本介入的扩张，如果离开了这个核心价值，无论多火爆，最终也会一家家关门歇业。所以，作为饕餮之徒的我，从来不认为像俏江南这样的餐饮业，是败于与资本的对赌。

而至于金钱豹、湘鄂情、静雅，也包括俏江南，都是寄望于“斩葱头”，斩那些洋盘，尤其是公款消费。依赖公款消费无度扩张的餐饮消费，本就是扭曲畸形的，与餐饮业正常拓展无关。一旦风吹草动，规模越大，倒得越快。

任何一个行业，都会围绕核心价值波动，但波动不是背离，背离意味着离最终崩盘不远。我们这些年参与吃垮的这些著名饭馆，无一例外。

一盘苦瓜消炎夏

我夏天特别爱吃苦瓜。这个习惯，与我对故乡美食的喜好完全不同。

我小时候从没吃过苦瓜，那时的故乡乡村似乎也不种苦瓜，除了一种与苦瓜不出五服的兄弟——金铃子（方言，音为茎粒子），也称癞葡萄。

金铃子未成熟时外形与苦瓜有相似之处，都是鸡皮疙瘩的青皮后生，不过后来我知道，相比苦瓜的身材修长，金铃子则像粗憨的武大郎。金铃子成熟之后，它的青皮会变成金黄，熟透后自动皮开肉绽，内瓤如血，鲜红，食之如饴。所以，不是用来当菜，主要是用来哄小孩玩。

我后来想，过去不种苦瓜的原因，会不会与故乡好食甜口有关？青皮金铃子显然是苦的。

我第一次见到苦瓜，是 20 世纪 80 年代中期来北京上大学后，在菜市场看到身形修长的苦瓜，那一身青皮疙瘩，就跟金铃子几乎一模一样，而且，老苦瓜皮也泛黄，内瓤有暗红——一般人是不会等苦瓜老了摘的，或许长大的苦瓜，放久了，就显出真面目了。

但那个时候我还不喜欢吃苦瓜，我还是偏爱甜食，口味还没被北方驯化。但在长期的食堂讨饭过程中，慢慢地，我开始习惯各种过去不习惯的饮食，苦的辣的，什么都能吃，我内心警告自己，受过穷，应该记得不挑食吃饱肚子的要旨。

20世纪90年代前期，我结婚之后，因在北京大兴印刷学院教马克思主义原理，业余有的是大把时间。那时大兴和城里交通不便，也没有社交媒体可以刷手机耗费时间，当大厨自然成了我的责任。北京的炎夏，能吃好吃的菜不多，就算南方故乡，也少。慢慢地，苦瓜就进了我的菜篮子，很快成了我的最爱。

我在印刷学院当家庭煮男的时候，基本只用一种方法做苦瓜，就是用尖椒混杂着苦瓜一起炒，用尖椒的辣味改变苦瓜的苦味。因为太座是北京人，好食酱色食物，兼醋和蒜，而按我故乡的做法，凡菜放酱油的，都须放糖。于是，几番测试之后，调出一个色泽难看，但味道却是两人都能接受的怪味尖椒苦瓜来。

做法很简单，把苦瓜切好，用开水焯过，入油锅翻炒，加酱油、白糖、盐，几下之后，放蒜末，出锅前点适量醋。没有尖椒的时候，单是苦瓜也一样。尽管许多朋友批评我，菜的品相不南不北，很是不堪，但我不以为然，家常菜，好吃就行。我自己一人常常就能吃一大盆。

后来我走南闯北，见识多了，知道了苦瓜的各种做法，主要是粤式的和湘鄂派的。

我初到广州，一吃苦瓜炖排骨汤，就喜欢上了，不是喜欢里边的排骨，而是炖烂的苦瓜和微苦的汤。当然，也喜欢上广州人把苦瓜切成薄片，放在冰块上，蘸着芥末酱油食用。但是，苦瓜酿肉末，我却是从来没有喜欢过。这是吃苦瓜唯一的例外。

湖南、湖北是吃苦瓜的重镇，我大舅哥是湘菜的大厨师，自然也会提醒我。但湘鄂菜里的苦瓜，其实都是家常菜，从凉盘到热炒，无论是加肉片荤炒，还是加鸡蛋素炒，我都喜欢。但我在家里，很少做湘鄂风味的，很简单，它们的味道形状，无论多么鲜美精致，都没有我调配的更适合我。当然，有时我在家做素炒苦瓜，赶上家里有大舅哥送来的上好的湖南豆豉，我也会在里边撒一些豆豉。

直到今天，我们结婚 24 年来，只要我在家做饭，这道家常苦瓜，基本就是夏日我家的当家菜。无论是就白米饭馒头，还是简单下酒，我从来没有厌倦过。

前些日子，我去菜市场买苦瓜，惊见摊主坐在摊位后面，拿着一根苦瓜咬着吃，就像啃老玉米一样。我很吃惊地问他，苦瓜也能这样吃?

摊主笑着告诉我说，能，败火，牙疼就生吃苦瓜，特管用，不过，只能咬皮，不能咬到它的白瓤。

我试过生苦瓜切薄片泡开水饮，但如此豪放生吃，还从来没有试过。或许有机会也试一下。当天，我买了他四根苦瓜。尽管我父母兄弟如今依然不种不吃苦瓜，但我想，将来解甲归田园，苦瓜和它未出五服的兄弟金铃子，我都是会种的。

一盘苦瓜消炎夏，至少于我，此言不虚。

在临沂喝糁

夜宿临沂，发了条微信，朋友圈临沂和山东的朋友纷纷冒泡，强烈建议我在临沂一定要喝“sa”。并推荐了到不同地方去喝“sa”。一位在北京的漂亮妹子更是强烈建议我，喝“sa”一定要多加肉，千万不要加鸡蛋。

“sa”是什么东西，我确实不知道。适逢临沂本地朋友王君晚上来看我，聊起来，方知大概。

王君告诉我，“sa”是临沂的特色名早餐，其实就是熬制的肉汤，有牛肉“sa”，羊肉“sa”，猪肉“sa”，鸡肉“sa”。“sa”是临沂本地音，也有发“sha”音的，但汉字书写中，应该是“糁”字。

糁字我自然认得，通常是米粒玉米粒的碎渣。王君说，糁就是用牛羊鸡肉等，与面粉稻米等混杂熬制而成，他约我明天早上去街边小店喝糁。我欣然答应。我一直认为，到一个地方，苍蝇馆才是真正的地方风味代表。

第二天一大早，王君如期而至，他开车带我到临沂的银雀山路一处，把车停靠路边，王君指着前面排队的人告诉我，那排队的就是来喝糁的。

前面房前的空地上，摆了大概五张条几，每张四周都坐满了人，而中间一路站立的，是来买糁的，有带着饭盒的，大概是要带回去；有空手的，大概是和我们一样要在此地喝了再走的。喝糁和排队的人，年龄性别各异，有中老年人，也有时尚青年男女，甚至，还有一个挺着大肚子的孕妇。

这不算人多的，人多的时候，排队排到马路上去了。王君比画着向我介绍。我们俩也顺着站在了队伍末尾，一会儿工夫，我们身后又有好几个缀上了。

随着一个个端着满满一碗糁的人出来，我们进到了屋里。一口很大的圆柱形钢精锅，一个中年人站在凳子上，根据边上那个收费算账的老人的指示，往碗里打糁，或五元的，或十元的，或十五元的，差别在于他手上往碗里加肉的分量，一碗糁端过，配一袋榨菜，端了满满糁碗的顾客，颤巍巍小心翼翼地从人列边上出门。

王君给我们点了十五元一份的糁，另外每碗配了张锅饼——有些类似新疆的馕，不过，新疆的馕显然要薄，外面也更焦。

王君打糁的时候，我在一张条几边上等到了两个位置，等王君把糁端过来，我们俩开吃。第一口入嘴，我仔细品味了一下，牛肉羹的味道自是很重，当然也有胡椒和五香粉味，还有一种味道，我叫不上名字，似乎是一种炖鸡汤用的药材。味道略有些接近河南的胡辣汤，但比胡辣汤清淡许多。

许是我们俩一边吃一边聊糁，边上一个也在喝糁的大汉忍不住插嘴给我介绍说，这家的糁，早上两三点就开张了，我们临沂人有人喜欢喝头汤糁，尤其是冬天，下夜班或上早班的，来这儿喝完头汤糁，浑身暖洋洋的，不论下班回家睡觉，还是上班去，都不会觉得冷。

以我饕餮之想象，我能感受到头啖汤的这种幸福感。

江南的馄饨，北地的饺子

我每次在微博微信晾晒我家的馄饨，都会有不少不明真相的北地朋友跑来说：“哟，这饺子包得真好看。”

其实，我明明白白写的是“馄饨”两字，但北地的朋友，依然执着地认为，这就是饺子。

我家太座是地道北方人，自她嫁给我，吃了我家的馄饨之后，从来不说馄饨和饺子是一回事。有比较，才有真相，才明事。

北方的饺子自然是好东西。好吃不过饺子嘛。或者说，饺子下酒，越吃越有。不过说实话，饺子下酒这个，讨个口彩可以，真要下酒，还是算了。

我吃饺子，也有三十多年历史了。20 世纪 80 年代中期来北京上学，学校里的大锅里煮的，馅多是猪肉白菜，自然只有白菜，难得有一线肥肉星，那就像中彩一般。打上一份，窗口的脸盆里放着醋，舀一勺，泼在饺子上，这就是我最初接触的饺子。不过，对于刚刚走出饥饿的人来说，有吃就是口福。

后来与太座恋爱，太座家是老北京，吃饺子自然是老北京的拿手好戏。这家里的饺子，自然不是大学大锅饭的饺子可比，太座做饺子面食，也是一等一的好手，顶得上餐厅的白案大师傅。当年新婚，太座跟我下江南，吃不惯江南口味，自己弄了点饺子，我祖父尝了，嘴里虽然夸孙媳妇手艺，却不肯多尝，这是南北方的差异。我也是很晚才真正习惯吃饺子的。虽说如今什么饺子都能吃，最爱的还是韭菜鸡蛋馅。

但我最爱的还是江南的馄饨。毕竟，味蕾是童年的记忆。

很多北方人并不知道，江南也产小麦，而且质量也不错。与北地的饺子一样，江南的馄饨用的食材也都是白面和各种菜色。

江南的馄饨与北地的饺子，最初都是手工的，擀面擀出来的。不过，馄饨皮要比饺子皮擀得薄——薄而不破，才是过去衡量擀面的媳妇手艺的主要标准，而北地手擀的饺子皮，确实要比馄饨皮粗粝不少。

擀馄饨皮时，要把白面擀成条片，然后一层层叠加而不断，叠加过程要撒些生粉（淀粉），防止粘连，最后用菜刀切成梯形——标准的馄饨皮是梯形，与饺子皮的不规整圆完全不一样——切好后，拎起一把一抖，随着生粉抖落，一张张薄而韧的皮子就像书页抖开一样。

而饺子皮，却是需要一张张擀的。

如今馄饨皮手擀的基本不见了，毕竟机器碾轧出来的薄和韧性，手工难以抵达，唯一的要求，就是轧面时对面粉韧性的把握。而饺子皮，如今也多是机制的，不过，一般人家，不忙的时候还都是手工的。我现在不仅是裹馄饨的高手，也已经是包饺子的快手了。当然，饺子皮目前还是不会擀的。

北地一年四季传统节日，除了端午，饮食方面几乎都只有一个项目——饺子，一种饺子包打全年。这也真是让人费解。所以，才有俗话说，饺子虽然好吃，也不能天天吃啊。这一方面是说弄饺子不易，另一方面，也是说最好的东西，吃多了也会厌倦的。再说了，吃得太频繁，期待感就大大降低了。

江南则与北地的粗粝完全不一样，透着特别的精致讲究，不同的节日，会有不同的主食。比如馄饨，一年有两个节日是必须吃馄饨的，夏至和除夕的中午。夏至吃馄饨，在江南有志夏一说，吃了不会苦夏，而除夕中午吃馄饨，预示新年有新衣服穿——后因年夜饭太过隆重，很多人家把除夕中午的馄饨移到了小年夜的晚上。

如今生活条件好了，遇上阴雨天，一般江南乡村人家就会说，弄顿馄饨吃吃吧。但吃得再多，也没有北地吃饺子频。真正的好东西才难得吃呢。难得吃，才有期待。

北地的饺子，因为皮厚，什么都可以作馅，从白菜大葱到葫芦萝卜南瓜。而江南的馄饨，对菜馅的要求很高，太过粗粝的菜，是绝不用来做馄饨馅的，宁可不吃。所以，馄饨的馅，主要集中在青菜、荠菜、夏天的豇豆、苋菜等蔬菜。而葫芦萝卜南瓜之类，用来做馄饨馅也是不适的，汤汤水水的，馄饨皮太薄，兜不住，一煮就散。

虽然都是用面皮把馅包裹起来，北地的饺子叫包，而江南的馄饨叫裹。叫法不一样，背后其实还是有文化差异的。

北地的饺子和江南的馄饨，个都比较大，说明实在。北京的早餐市场上有一种小馄饨，在江南故乡叫抓挤馄饨，一抓一挤就成，过去故乡乡下说这种馄饨时，从来都带着轻蔑，其实是一种地域歧视——据说这种馄饨发源于安徽。

北地的饺子，大多是干蘸醋吃，当然也有蒸饺煎饺，带着汤水的，西北有酸汤饺子。我如今吃饺子的习惯，喜欢用酱油醋香油混杂作蘸料，酱油是吃馄饨的传统习惯。江南的馄饨，当然也可以煎蒸，但主流是汤水馄饨，用酱油猪油拌着，若是冬天，撒一把青蒜碎末，神仙也会从天上流口水的。我太座一地道北方女子，如今也很喜欢吃江南的馄饨。

哎，说到底，江南的馄饨也罢，北地的饺子也罢，各有各的好。林语堂不是说过嘛，爱国主义其实就是饮食习惯，爱国主义不过是童年味蕾的记忆而已。

但我，最爱的还是江南的馄饨，母亲的馄饨。

卡斯特罗的革命蛙，我的挚爱

古巴领导人卡斯特罗走了，挥挥手，没带走一片云彩。

朋友圈的评价是两个极端。我对卡斯特罗的评价比较复杂。不管怎样，他曾经是一个时代的标杆，是共产国际和后共产国际乌托邦的最后一个代言人。

对他的评价，不需要我来盖棺定论。但是，卡斯特罗也与我有关，作为一个饕餮之徒，我喜欢的一种美味——牛蛙，与他多少可能扯上些关系。

牛蛙，蛙的一种，源自美洲。因为此蛙体形远大于本土所产的田鸡、青蛙、石鸡、山鸡、麻茬田鸡等，故称牛蛙。

知道牛蛙，具体时间记不得了，应该在2000年左右；什么时候开始吃牛蛙，具体时间也记不得了，应该是跟知道牛蛙同步。但我记得第一次吃牛蛙，是在北京东直门内大街，即著名的簋街。直到今天，去簋街吃牛蛙，仍然是我最兴高采烈的事之一，胜过去任何高堂大屋。

我小时候熟悉江南故乡的各种蛙，从地里河里牛塘边高埂地的青蛙、山鸡麻茬田鸡、牛屎田鸡，到稻叶竹叶树叶上的小绿蛙，无一不熟。我从小喜欢照田鸡（晚上用手电在稻田埂上捉田鸡），用鱼叉叉高埂地里河边牛塘边的山鸡麻茬田鸡，或用牛屎田鸡腿钓它们，弄回去砍头剥皮做菜吃，以弥补社会主义新农村缺少荤食之痛苦。

我得坦率地说，我很喜欢吃田鸡。

因为对各种蛙的熟悉和热爱，我后来喜欢上了牛蛙。尽管我第一次在簋街喧闹的灯光下看到街头铁框里密密匝匝挤着的黑乎乎体形硕大的远不如故乡田鸡般精致的丑陋牛蛙时，有些恶心，但当牛蛙变成菜肴时，我筷子一动，胃口大开后，还是毫不犹豫地爱上了它。

故乡烧田鸡，有白烧和红烧两种，因为食材新鲜嫩滑，属于野味，无论红烧白烧，入嘴便是下饭美味。田鸡的肉少了些，但牛蛙因是人工养殖，养尊处优，没有田鸡为虫豸谋的辛劳，所以个大，尤其大腿，肉多而结实，虽然粗粝，对于饿煞鬼馋鬼来说，个大肉多，最对胃口。

我所吃过的牛蛙的做法，与故乡大不同。

我在簋街吃牛蛙通常有两种吃法：一种是牛蛙火锅，一种是馋嘴蛙。

牛蛙火锅是簋街时兴吃牛蛙后，重庆的一位兄弟带我去吃的。记得那时我还住东直门外察慈小区，就紧挨簋街。那年两会期间，兄弟陪领导来京，领导有事，他无事，每晚拉我去簋街吃火锅。第一次，他点了一份牛蛙火锅，还要加麻加辣，跟我说，这东西好，有力道。我一尝，果然好吃。牛蛙虽然腿粗，但吃到嘴里，固然细腻不若故乡的田鸡，却是味道鲜美，兼之火锅火猛，加麻加辣后麻辣味渗入肉里彻底，味道覆盖得很好，真是好吃，即便食材粗粝差些，也能蒙一般人。从此我就爱上了这丑陋的东西。

那一年春天，我们俩在簋街吃牛蛙吃得意兴飞扬。后来兄弟再来北京，我们过去，店里的小妹、伙计一见，就一句话："一份加麻加辣牛蛙锅底！"

这一家小店后来生意火爆得订不到位，而我又不是为了吃饭排队的人，多好的饭菜不能让我排队等，除非没得选择。一位媒体同行妹子又给我在马路对面发掘出了一家牛蛙火锅，我们俩曾经有一次吃掉了 4 锅牛蛙！后来我有相当长时间就"盘踞"在这家店里，我请客，多在此店，因为便宜又好吃。2006 年我南下广州前，就是在这家店里，请我原来准备再做一份杂志的影子团队吃的牛蛙散伙锅。

从广州回来，我家也早已搬离了东直门，那位给我发掘出这个牛蛙锅的妹子也不告而别遁入了空门，殊为可惜。后来我又拉我在《中国周刊》时的采编团队，再次"盘踞"这家牛蛙店。后来跟我一老大哥两人，几乎每月两次，必去那里。

我们俩一般请客，只要是自家兄弟朋友，都拉他们去那儿，无论是英国回来的还是美国回来的，江苏来的还是湖北来的，尽管那儿的卫生条件实在有点抱歉。

记得有一次，一个重庆的老大哥要请我吃饭，我正好跟北京的老兄要去吃牛蛙，就把重庆的老大哥喊了过来，于是饭馆脏兮兮的门前，并排停了辆硕大的陆虎和一辆枣红色奔驰跑车。吃完饭，重庆老兄说："学东，你喜欢吃牛蛙我不反对，起码找一个干净一点儿的地方嘛。你看我和 ××，怎么着也有点儿身份吧？"

我哈哈大笑，回说，是你要找我吃饭的。

在那儿吃掉多少牛蛙？我不知道，反正，我和老兄两人一上门，伙计就会朝吧台喊"牛蛙 N 锅来啦"。至于他喊的是锅还是哥，我从来没听清楚。

后来，这个店改造之后，价格也改造了，而牛蛙的味道似乎也大不如从前了。被我带着吃了 N 锅牛蛙的老兄，在簋街又开发出了两家同一名号的馋嘴蛙，他告诉我说，这家馋嘴蛙，比我们原来吃的还要好吃。

果然，馋嘴蛙的做法跟蛙锅略不同，但口味重不亚于火锅。我们哥俩去吃，从来没有吃一锅就打住的。结果到如今，去晚了没座儿，伙计也会想方设法给我们找个座儿！

我们哥俩的这馋嘴蛙平台，又把老兄弟们缠上了，其中一位高大上的兄弟，过去都是吃鱼翅鲍鱼龙虾海参的，也在美国开过洋荤多年，跟我们吃了几顿，就彻底被牛蛙征服了。不过他对我们吃牛蛙喝酒不讲究有意见，结果每年给我们吃牛蛙贡献了不知几箱茅台！前不久他从美国回来，一下飞机就招呼我俩去吃牛蛙，我那天单位有事，不能前往，他拉着行李直奔簋街。后来据说他们俩就着二锅头和啤酒，吃了好几锅牛蛙！

这家牛蛙店我还去，只是目前去少了，毕竟我开了个面馆，有时候也得照顾一下自家生意吧？但每每想起牛蛙，我总是食指大动，肚里作响。

如今很多饭馆都有牛蛙，但我在其他地方自己从来不点牛蛙，倒是我的老兄总是照顾我，给我点湘菜川菜的牛蛙，我也爱吃，但总觉得不如篦街苍蝇馆里的牛蛙来得“有力道”。

后来我想，对牛蛙的热爱，套用心理学的术语来说，这叫“移情”。

我对牛蛙的热爱，应该也是源自童年少年时对田鸡的爱吧。这也像我喜欢的里尔克的那首诗《民歌》里说的：

当一个儿童
在土豆地里咿语；
穿过长夜守望者的梦，
它的清唱来临。

纵使你远远离开，
到世上最寂寞的所在，
往后的岁月，它执着的声音，
仍然会萦回在你的心里。

因为我小时候对田鸡等各种蛙的熟悉和热爱（包括杀戮的快意），我对这个来自遥远异乡的傻大黑粗的牛蛙，也有了某种热爱，尤其当它能够让我大快朵颐时。

牛蛙来自遥远的异乡，这我早知道。我也早知道它是从美洲来的，包括古巴。但与卡斯特罗有关，还是这次卡翁去见马克思后，看别人整理的报道资料，才知道原来从古巴引进牛蛙，还是共产国际美洲亚洲两党两国政府正式合作的伟大成就。周恩来还写信感谢卡斯特罗同志送几百只牛蛙的深情厚谊。

不过，度娘告诉我，中国牛蛙的来源不止于古巴。度娘说牛蛙来自日本、美国和古巴，最早说是 1959 年引进的，比卡斯特罗万里送牛蛙要早了几年。

我对风骚的度娘不太敢放心，继续查。《现代快报》称，1935 年，上海江湾纪念路有一位沈姓老板开了一家“上海养蛙场”，叫卖一批从美国引进的牛蛙，号称“珍宝巨蛙”，每对售价 24 元（相当于当时一个工人一个月的薪金），但后来不了了之。1958 年，上海水产学院也曾试养过几只，但因未产卵而死亡。1959 年，浙江省宁波市水产研究所和天津市杨柳青农场先后从日本购进牛蛙试养。1961 年初，广东省芳村淡水养殖场也从日本引进牛蛙养殖。然而，上述种种均未成气候。

而我查到 1999 年《牧业通讯》之类的杂志上有篇文章，谈牛蛙养殖的。这篇文章说，20 世纪初，中国即从日本和美洲等地引进牛蛙了。

但不管是哪年进入中国的，现在牛蛙在中国很流行。我发现从美洲漂洋过海来中国落户生根的东西，像革命者一样，前赴后继，都有极强的生命力。比如水花生水葫芦水浮莲之类，都是源自美洲，结果给中国局部地区造成了生态灾难。其中的水花生，绰号就叫“革命草”，生命力之顽强，实在匪夷所思，真是除之不尽啊。

以如今牛蛙在中国的繁殖速度，似也可称它为“革命蛙”，与水花生同。

如今有时我工作压力大，人有点颓废，需要补充动力时，我总会约人去簋街吃牛蛙。当年那同行妹子尚未遁入空门前，曾笑话我说，朱学东，看你一吃牛蛙，就像青蛙鼓起了嘴一样，好像又活了过来，来劲了似的。

确实，美洲来的牛蛙里，就有革命的基因，吃了就像打了鸡血一样。这也是正在挣扎奋斗的我在美味之外，喜欢吃牛蛙的重要原因。

混在簋街的日子

簋街，俗称鬼街，原本就是一条平常的马路，加上两旁破败的平房，从北新桥到东直门，大约不到 1000 米长，本名实为东直门内大街。

作为食客的记忆，我自然没有去考察其名之由来（这对于民俗学者来说是轻而易举的事），但我理解，之所以称鬼街，大约是因为夜半三更鬼怪出来游荡的时间，正是这个地方热闹的时候。另外，当地夜店皆喜欢在门口挂上红灯笼，更强化了这一印象，连地方当局后来也在东直门桥头挂上了长长的红灯笼，更显得诡异。

今天的簋街在北京算是无人不晓得了，连外地来京的人也知道要到簋街一坐。曾几何时，小龙虾、羊蝎子、水煮鱼牛蛙等先后名震一时，八方食客蜂拥而至，算得上饕餮之徒的我自然少不得也曾厮混其中。

20 世纪 90 年代末，簋街初兴时我还住在大兴区黄村镇北京印刷学院的房子里，离簋街有四五十公里远，但离我上班的地方东四南大街却也算得上近在咫尺。其时我的一个大学同学跟他太太住在《中国青年报》附近《中国环境报》的宿舍，当时我和太太也经常到同学宿舍蹭饭吃。偶然的一天，同学太太说不妨到后面的街上去吃一顿，现在那个地方热闹得很。同学太太口中的那个地方其实就是东直门内大街，也就是鬼街。

我生平第一次见到了这样吃饭的场景：在一个个极其破败的小饭馆门口——这些小饭馆大多违反了北京市政当局饭馆营业面积必须在 30 平方米以上的规定——坐着一堆堆的衣着时尚的年轻男女，而小饭馆里，拥塞着真正大快朵颐的食客，同样是时髦的年轻人为主——这里的食客完全抛开了身份。同学和他太太向我们夫妻俩介绍哪个小店最有名，哪个小店的什么什么最好吃。

在此后的日子里，因为路途过于遥远，吃饭的成本（时间和经济成本）过高，我也只是偶然光顾簋街，至今也记不起来那个时候吃了些什么。直到 2000 年以后，我搬到了东直门外大街，离簋街只有百米之遥的地方。

这一段时间是我在簋街口福比较好的日子。那个时候簋街东段既有偏贵的金鼎轩——我只是在朋友请客时去过一次——以及谭鱼头——谭鱼头是我所爱，不过价格也是偏高，两口子吃饭划不来。经过多次尝试后，我后来更多选择了东直门羊蝎子，价格便宜味道好。即便太太不在家的日子，我也会去那里要瓶小二，一份羊蝎子，一碟花生米，自斟自饮。

2000 年以后，我在《信息早报》服务，证券市场每况愈下，但簋街的麻辣小龙虾却越来越火爆。其时传言，吃惯了大龙虾的证券业者兜里越来越瘪，只好到东直门吃麻辣小龙虾了。但我一直拒斥麻小——在我从小的记忆中，小龙虾是在脏水或者阴沟里长的，最起码也是抗污染能力极强。

后来东直门内大街改扩建，羊蝎子搬离了东直门，我再也没有找到那口味道，金鼎轩后来在地坛、方庄、亚运村的店我都去过，不过都是打秋风，食不知味。而搬到了东直门外东城区和朝阳区分界线上的谭鱼头，很快就凋敝了，而东外边上的旧富天府川菜生意兴隆，更为兴隆的是边上崛起的新贵沸腾渔乡、渝信川菜和九头鸟。

2003年，我开始做传媒杂志。因为有了孩子，太太无法出门，一起去簋街吃饭的人换成了我的部下喻乐和兼职美编、时任《时尚》杂志美编的张旭刚。

那个时候因为条件限制，排版设计的日子我总是亲自盯着美编直到完工，其时我给美编的时间只有当天中午到翌日凌晨，这一时间段美编必须完成我们杂志所有稿件的设计排版，所以完成之时，早则凌晨一二点，晚则五六点。

也就是那个时间，我知道了簋街饮食的另一个高峰在差不多凌晨十二点以后。十二点以后，簋街会涌进一批花枝招展的夜店女郎——东直门属黄金地区，周围著名的夜店很多，十二点以后这帮女郎要么自己结伴前来，要么和自己的恩客前来，倒也成了簋街的一道风景。

在传媒杂志的日子，因为东段还在拆迁，我们只能选择靠近北新桥附近的餐馆，以火锅为主，包括乌江鱼火锅。规模稍大的东方怡园花家怡园依然去得少，自己掏钱，我还是喜欢朴实的能真正享口福的地方。不过打惯了秋风的我偶然也要请些朋友，这个时候会选择东方或花家，那个时候他们的价格还没有现在这么离谱。

在新生代的日子，我经常去东直门，抠门的我与朋友吃饭还是经常选择簋街，那个时候我迷上了牛蛙，簋街上的两家店的牛蛙是我的选择，一家是路南的火锅店，那家的麻辣牛蛙（非火锅）加麻加辣后极其美味，我曾经和有意来做杂志后来做新媒体的美女两个人一顿吃了四斤！路北的是牛蛙火锅，名为金簋，是重庆寿全兄带我去的，后来我经常去，同样的加麻加辣，美味之至。我去《南风窗》之前与原来的影子内阁告别宴就是选择在这一家。

后来到了《南风窗》，回北京的时间更加珍贵，而家也已搬离了东直门，离簋街远了，去的也就少了，听说簋街的饮食也出了些问题，生意曾经有些萧条，不知现在如何？

想起来，那个时候在簋街吃饭，也是一种美好的回忆……

春笋炖咸肉

春笋炖咸肉，当我写下这几个字的时候，嘴里不争气地生出了津液。

4 月回家，弟弟曾经炖了几碗，那味道，啧啧，妙不可言。

朋友跟我说过，成年人的饮食偏好，大多是童年困穷时养成的，只要吃过，就种下了味蕾，永记在心，多久都会怀想留恋。

这多少与里尔克《民歌》里描述的捷克人的歌声有异曲同工之处：

当一个儿童
在土豆地里呻语；
穿过长夜守望者的梦，
它的清唱来临。
纵使你远远离开，
到世上最寂寞的所在，

往后的岁月，它执着的声音，
仍然会萦回在你的心里。

过去，我从来没有想过，饮食习惯与诗歌也是能如此融会贯通的。

设若我们斗胆把里尔克的民歌，主题词换成故乡任何一种美食，也是一首美妙的诗：

当一个儿童
趴在桌上对着海碗里的春笋炖咸肉咿语；
穿过长夜守望者的梦，
当春笋破土而出，
纵使你远远离开，
到世上最寂寞的所在，
往后的岁月，它执着的味道，
仍然会萦回在你的舌尖、心里。

这就是我如今每到春天的感觉。这个感觉真的很微妙。其实，都是因为是故乡的记忆，故乡的味道，故乡的声音。

二

春笋炖咸肉，是我老家乡下暮春开始相当长时间内的一道大菜，主菜。

做法很简单，就是把腌过的猪肉，或者猪蹄，与切成条块的春笋一起煨炖。如是咸肉，当是咸五花肉最好。用大铁锅炖了，那个味道啊……

我稍微长大一些的时候，改革开放了，家里的条件好了些，过年时会杀头年猪，把肉腌起来，以备春天之需。

这是故乡农民的常规做法。毕竟，买鲜肉需要现金，那个时候现金可是至宝。不过，没承想，咸肉成了特色风味。

尤其是我少年时代的春天，竹园遍地，本地产的淡竹笋、燕竹笋、江竹笋也很多，几乎家家户户都有小竹园；而从浙江福建等地过来的毛竹笋，个大量大，价格也便宜，所以本地人都会论筐买。买回去炖咸肉，就是暮春初夏相当长时间的当家菜，主菜。

春笋炖咸肉有一个变种，上了大雅之堂，学名叫腌笃鲜。一般北京的苏浙沪菜馆大抵都有。

这种饭店里的腌笃鲜与春笋炖咸肉最大的差别，有两种：一是腌笃鲜加了新鲜的猪肉。腌即咸肉，笃即煨炖，鲜，就是鲜肉鲜笋。过去乡下人穷，一般情况下买不起新鲜猪肉，所以，只能依靠腌肉了。不过，这反过来倒也为这道乡下大菜保留了些传统的味觉。

第二个差别，是因为加工方式不一样导致的。现在大小城市宾馆饭店的腌笃鲜，都是用煤气灶和砂锅或铝铁锅煨炖的。橘逾淮而为枳，味道其实也是一样的，一方水土一方味。这个味道，又怎能跟乡下大铁锅稻草或柴火煨炖出来的相比！上得厅堂的腌笃鲜，虽然精致讲究，但却失之朴实豪爽。

不过，远离故乡之后，也只能把饭馆里的腌笃鲜，作为替代品，以解思乡之苦了。

二

我从初中二年级开始到高二，每年晚春和夏天都跟父亲和叔叔出门，去捉甲鱼。

一般出发前，饭还没做好，但奶奶已经用大铁锅炖了一锅毛笋炖咸肉，我们三人，一人吃一海碗，权当中午饭了。晚上回家，那锅剩下的毛笋炖咸肉，还在。

我对春笋炖咸肉最深的记忆，就来自中午那连汤都舔得很干净的一大海碗。

到了夏天，春节省下腌起来的猪肉，就容易坏了。而此时毛笋，因为渐渐偏老了，价格也就更便宜了。所以，暮春开始，咸肉炖毛笋，会经常出现在乡下的餐桌上。这个味道伴随了我很多年，我一直没觉得吃够过。

参加工作后，这个味道基本上就成了时时翻滚的记忆，偶尔，与腌笃鲜交杂。直到后来结婚生子，母亲从老家来帮着照料家事，才又吃上了。在我们现在居住的地方，有一个比较大的菜市场卖毛笋，母亲在北京的时候，几乎每年她都是那家菜市场唯一一个毛笋摊的最大主顾，其他买菜的人都会问她，老太太，这回去怎么做啊？

母亲总是很自豪而高兴地用她那常州乡下普通话介绍，回去把笋壳剥了，切成块，先用开水焯一下，再和肉一起炖，很好吃啊。猪肉鸡肉都可以，当然，最好的，还是要用咸肉。没咸肉？买块鲜肉，或者猪蹄，回去弄点盐，腌上就行了。

在母亲的眼中，这一切总是很简单，太容易了。但母亲回老家后，我自己却一次也没弄过，也就没了这美味。不怪你们，你们工作忙嘛，又很少在家吃饭。回家来做给你们吃吧。母亲总是这样替我们开脱。

前不久返乡，回家之前，我给弟弟打电话，特别交代：别忘了，我要吃春笋炖咸肉！

我爱豆腐花

突然间，发现豆腐花成了微博热词。

我有些不解。今天早上我还在楼下的路边早餐摊吃了一碗豆腐花，不，是豆腐脑。

豆腐花才是我江南故乡的称呼，把北京路边摊上的豆腐脑错认为豆腐花，那是辱没了儿时的美味。

虽然我经常会光临北京路边早餐摊，要碗豆腐脑，但这豆腐脑的味道，却没有豆腐味了。据说现在北派的豆腐脑都是用什么冲出来的，高产，自然味道差了不知几何，只能用浓汤咸汁，掩盖本味之不足。

别怪我埋汰北京的豆腐脑，那是因为儿时的味蕾记忆太重了，连浓汤重汁都无法夺其志。

记忆太深，是因为美味培养的味蕾，顽固地埋藏在舌尖上、心幽处、脑海里。林语堂说，这才是民族主义爱国主义的最初缘起。

其实，我记忆中小时候吃豆腐花的次数也是屈指可数的。虽是生在鱼米之乡，故乡的黄豆青豆至今都是上好品质，但在当年，却是吃不起啊。

我吃豆腐花最多的时候，是在冬天，尤其是临近年关的时候。

按照故乡旧俗，每逢过年，家家户户都要浸泡黄豆，然后挑到做豆腐的人家去磨豆腐，豆腐可是过年时的当家菜啊，要吃一个春节的。

磨豆腐用的是石磨，不是每个村都有的，我们村就有一副，是隔壁我堂爷爷家的，我爷爷的表兄。

那个时候，堂爷爷家每天都要排队，都是村里人赶着要磨豆腐准备过年。在石磨转动的吱嘎声中，浸泡透了的黄豆变成了白乎乎的豆浆。而同时，灶膛里的柴火正旺，灶台上的大铁锅开锅了。把豆浆倒进大铁锅里，加水，开锅后，把豆浆舀进做豆腐用的纱布兜里。

通常，纱布兜系在一个十字木棍上，吊在一口洗干净的水缸上，豆浆入纱布兜是为过滤，纱布眼细小，豆浆水流淌不畅，通常要把纱布兜转圈拧把儿，收紧，把兜里的浆水都挤压进水缸里。

此时水缸里的浆水，便是豆浆了。

往水缸里的热豆浆中加石膏搅拌。这与北方不同，北方用的是卤水，南方讲究用石膏。石膏加多少，有讲究的，做豆腐师傅水平高低，主要看石膏用量。

加进石膏后，用铜勺搅拌匀，然后盖上锅盖。渐渐地，豆浆在缸里成糊状了，这便是豆腐花。

豆腐花做好后，做豆腐的师傅就会拿把铜勺，给在场的每个人手中的小碗里，加一勺，见者有份。通常早有人准备好了青蒜，剁成了碎末，每人用手拈一些青蒜末，加进豆腐花中，然后倒进酱油。

放糖？那是条件好的人家，比如当老师的，或者在城里当工人的人家，端回家，偷偷地放点糖，我们那时，哪里舍得加糖啊！

蒜末的青绿，豆腐花的白嫩，酱油的棕红，一青二白三红，色泽鲜艳，层次分明。但我早已无暇欣赏了，赶紧用汤匙一搅拌，成了红白青混搭，然后盛起一勺，一边吹着气，一边迫不及待地送进嘴里。

烫啊。虽然烫，但也不管不顾了，豆腐花不停地在舌尖打滚翻转，稍凉便吞咽下去。几汤匙戳下，碗便见底了。

嘴馋的，眼巴巴望着还指望来第二碗，不过，一般没人会答应，做豆腐才是大事啊。

我小时候过年前常和弟弟跑堂爷爷家，一吃过晚饭便泡他们家，或磨豆腐时帮着加豆，或帮着在灶膛烧火当下手，其实只是为了骗一碗热气腾腾的新鲜美味豆腐花，或者一块新豆腐。

那个时候，每晚上睡觉前吃碗豆腐花，神仙般的生活啊。不过，这美妙的夜晚，一年中也就年三十前几天而已。平常家里偶尔也会“撩豆腐”，用存储的黄豆换块豆腐回家做菜，却很少见人换豆腐花吃的。

乡下人哪舍得换豆腐花吃啊，只有不会过日子的人，或者是吃公粮的人才会那么做吧。

我少年时生活在乡下，离前黄镇大约 3 公里，所以，镇里的豆腐花早点，是到了上中学帮父亲看管芹菜摊时，才偶尔吃到。

那个时候，街上买的豆腐花，通常装在木桶里，卖一碗盛一碗，里边除了酱油，还有晒干的糠虾（可不是海虾米），没有青蒜的时候，比如这个季节，放些切碎的韭菜末，再早一些，是放切碎的胡葱末。

不过，至今我仍不喜在豆腐花中加糠虾。

即便这样，父亲也很少给我买豆腐花吃，用他老人家的话说，都是馋嘴吃的，中看不中饱。所以，父亲宁肯给我买碗面条，或者两个肉馅馒头，或者一根油条。

在北京吃路边摊的豆腐脑多了，舌头渐渐也木讷了。

故乡的豆腐花，我几乎吃不到了。2009 年前黄中学 70 年校庆，我和同学从北京赶回常州，一早下火车，同学带我去常州一家有名的小吃店吃豆腐花，但已不是我记忆中的味道。机械化规模化作业的时代，味道都是一个模子刻出来的。

今晚，我好想念那一青二白三红，夹杂着淡淡蒜香味豆味和酱油味的豆腐花啊。

那才是童年的味道，过去的味道。

青蒜末，美味的江南百搭

春日，弟弟从江南故乡寄来了一捆洗净的青蒜。

青蒜有各种吃法，素炒、炒鸡蛋、烧鱼、烧咸鱼、炒肉片、炒咸肉、烫火锅等。无论哪种做法，都是我的挚爱。

但是，有一种青蒜的用法，用量不大，江南做饭做菜常用，如今我在北京，只要有青蒜，也常用。那就是青蒜切碎末，调味。这是个百搭调味品，加入蒜末的菜饭，别有风味。

我喜欢吃蛋炒饭，但是，如果没有青蒜的日子，我很少吃蛋炒饭。很简单，加了青蒜末的蛋炒饭和没有青蒜末的蛋炒饭，那味道的差距，就是长江和黄河的差距。

做蛋炒饭时，若有青蒜，取一到两根，洗净，用菜刀把根部拍松，然后切成碎末，蛋炒饭将要出锅时，把青蒜碎末放入，一个翻炒，即可出锅。

蛋炒饭的颜色交杂着白黄绿色——白是米饭色，但已经淡了，油炒后带有些微淡黄色，黄是鸡蛋色，绿是青蒜色——明亮鲜艳；而香味，则混杂着青蒜的特殊蒜香味。色香味俱全的一碗蛋炒饭，端在手上，肚里馋虫难免蠢动。

江南人吃面，爱吃汤面，冬天和早春吃汤面，青蒜末是必不可少的调味品。这个更简单，把切碎的蒜末放入准备盛面的碗里，把热面和汤直接盛入碗里，筷子一搅拌，绿绿的蒜末就翻漂到上面，并散发着热汤烫过的蒜香味。

在北京若无青蒜末和猪油，我基本不吃汤面。

这些年我漂泊在外，回到故乡吃馄饨，我依然喜欢撒上一些青蒜末。作为北京土著的太座，很奇怪我的吃法。没办法，这是舌尖上顽固而无法磨灭的记忆。

冬日回家，我喜欢吃咸粥，就是把腌过的骨头加上青菜蚕豆大豆赤豆山芋芋头和米一起熬粥。吃剩的咸粥，第二天“槁咸粥”，继续熬，这个时候，它的味道已不如第一顿吃时丰满，但若加上一撮青蒜末，就别有风味。

故乡冬日都做米粉团子，其中最常见的馅是萝卜丝肉馅。如果不是以蒸笼蒸好过年时准备吃较长时间的，做萝卜丝肉馅时，把切碎的青蒜末放在馅里，比没放青蒜末的，别有一番味道。所以，吃萝卜丝肉馅团子，我特别喜欢放蒜末的，萝卜丝配蒜末，是一个非常奇妙的搭配，常规的青菜馅，配蒜末就不合适了，两种味道不是很登对。蒸团子馅里通常不放蒜末，原因很简单，青蒜末蒸煮时间长后，颜色会变黄，味道也会散去，无论色香味，都会大打折扣。

故乡的索粉（粉丝）肉圆汤，坨粉块，解酒开胃的血旺酸汤，都习惯在出锅时撒上一把青蒜末调味。

小时候家里做豆腐，热豆腐压出来，就用酱油和青蒜末一起，拌着豆腐吃，真是唇齿留香，几十年难忘。我在北京自己做凉拌豆腐，有青蒜的时候，一定会撒上一把青蒜末，无他，味蕾就是故乡的记忆，从小养成的，天涯海角之后，依然无法忘记。

没青蒜的时候，故乡一些人喜欢用小胡葱或韭菜切碎充抵，但是，胡葱和韭菜的味道，与青蒜末大异其趣，而且这两样，并不是什么菜都适合搭配。

有人说，放青蒜末，不就是取其蒜香吗，就像炒菜问清炒还是蒜蓉炒似的，为什么不能用蒜头捣碎了顶替青蒜呢？

对于我而言，当然不能。蒜头和青蒜，虽是同根，却是两种形象两种口味。想想，捣碎的蒜泥，既无形色又单薄，太过粗粝，怎么能和青蒜切末相提并论！

老饕还是应该讲究色香味的。

故乡的干烧鹅

我小时候看管过成群鸡鸭，却少见养鹅的。

小时候过端午节，小伙伴间斗鸡子，最渴望的，便是自己有一枚鹅蛋，那便是打遍天下无敌手的标志，除非碰上另一枚鹅蛋。至于鹅肉，就像天鹅肉一般，想吃而吃不到，除非有亲戚家在湖边。

但20世纪90年代后期以来，故乡突然冒出了许多老鹅店，以前黄南路寨桥地居多，多冠以寨桥老鹅。寨桥离滆湖近，养鹅人家多。我的一位小学同学G，便在春秋淹城开了个赫赫有名的寨桥老鹅店。

这些年每次回家，都少不得吃到寨桥老鹅，或冷荤，或煲汤，或干烧，味道自然鲜美。但多少顿老鹅吃下来，让我回味难忘的并不多。

直到2014年夏天，在南夏墅一位小老弟志刚家，吃到的干烧老鹅，让我念兹在兹，舔唇难忘。

志刚老弟和我弟弟相熟，都是吃机械饭的，长得五大三粗，看相貌你绝对不会想到他竟能烧出一锅让我口舌生津的极品老鹅来。要知道，他烧的老鹅，我这样的老饕这些年在饭店从未吃到此中之味。

我这几次回家，都是志刚到车站接我，然后一起在我家喝酒吃饭。志刚几次三番跟我说：“老兄给我个机会，到我家喝顿酒，尝尝我做的干烧老鹅。”

我眼望着他：“你会烧鹅？”“我烧的老鹅真的很好，不放酱油，都将老鹅煨炖出酱油色来，味道绝对一流。老兄你一定要尝尝。”志刚看我将信将疑的样子，赶紧赌咒发誓，周围几个兄弟也帮腔说志刚烧的老鹅确实不错，他们都吃过。

故乡的男人大多会下厨做饭，上得了厅堂下得了厨房，我弟弟的手艺也不错，但烧鹅估计也是一般。

“老兄你要不信，定个日子，只要提前一天，让我有时间去选只鹅就行。”

在我几次爽约之后，终于有一天我在早上给他电话，问他当天晚上有没有时间，如有空，我想去他家吃干烧老鹅。志刚一听，马上说没问题。余下的，自是赶紧备料去了。

那天因白天有事，耽误了不少时间，而老鹅在志刚家的大铁锅里，早已经炖烂了，几位陪酒的朋友，也等候多时了。

志刚把锅里的老鹅盛放在一个盆里，端上了桌子，酱红色中夹杂着淡黄色，浓油得酱（“得酱”，方言音，“得”有黏稠和粘贴之意，“得酱”指酱浓），冒着热气。

哇，一看就觉得馋人。我毫不客气伸出筷子，夹了一块，不顾烫热，送进嘴里，一咬，哇，鹅皮之下，丰美的鹅肉，哧嫩（方言，赞肉质鲜嫩之意）多汁，却油而不腻，满嘴生香。我忙不迭吞咽下第一块，夹了第二块。

过去吃到的鹅肉，无论是煲汤还是干烧红烧白烧，肉质咬嚼一般很难会有“哧嫩”的感觉。我停箸举杯，问志刚，这老鹅如何烧得如此色泽，肉质如此哧嫩，浓油得酱也不觉腻？加了些什么料？

志刚笑眯眯说：“老兄，这老鹅，除了加了几片姜、一瓶啤酒和盐，其他什么也没加。把老鹅买回来，洗净之后，我从下午一点开始，放锅里煨炖，一直到五点，才做好收火。”

“这样炖，不放水，难道不会干锅？”我问。

“老兄啊，这是老鹅，五年的老鹅，都是油啊，”志刚说着，顺手用筷子压住我正要夹起的一块肉，“这都是鹅油，老兄你别吃这块。”

我和志刚都是胖子，志刚怕我吃鹅油多的肉块不好，夹了鹅头放在我碗里，鹅头鹅掌翅翼及带油的肥肉，其实都是我的挚爱。

“先大火，后文火慢炖。老鹅油多，不会干锅，加了瓶啤酒，更不会了。”老鹅油多，煮的时间越久，鹅油就都熬了出来，时间长了，肉色也就变重了——我小时候看熬猪油，猪油熬出，肉渣色变，多少也与炖老鹅色变有些异曲同工。

五年的老鹅，都是瘦肉，炖出来却肥腴丰厚。煨炖时鹅油不会蒸发，炖出的鹅油大多渗透滋润鹅肉了，而老鹅肉却因此而越发鲜嫩多汁了。

原来老鹅肉久炖不老反而越加哧嫩的秘密在这儿。一般肉尤其瘦肉炖久了，都会老而无味，味同嚼蜡。

这样的鹅肉，最宜配上老酒。那天在志刚家，老鹅佐杨梅酒，一群人围桌如狼似虎，大快朵颐。“要 5 年左右的老鹅才能炖出这样的味道来啊。”志刚笑眯眯地告诉我。

当然，我知道，并不是每只 5 年的老鹅都能炖出这样的美味来。对老鹅的挑选也要用心，煨炖的更是厨师的认真和心意。

这种老鹅，又岂是饭馆临时点将心急火燎炖出的，或者早就炖好不知搁了多久重新热过的鹅肉能够相比！

许多人不相信这一点，其实所有行业都一样，用心了，别人是能感受到的，就像志刚做的干烧老鹅。

下次回家，还要让志刚给我做干烧老鹅。

四月初八，江南当食乌米饭

2016年4月22日，我回故乡公干，夜宿太湖湾。我高一时的同桌赵君，家离太湖湾不远，知我回家，微信问我还喜不喜欢乌米饭。我回说，喜欢啊，好多年没吃过了。

第二天一早，才过7点，赵君便冒着蒙蒙细雨，来到了宾馆，手上提了5大盒乌米饭。我接过的时候，隔着塑料袋和饭盒，还热着呢。

“早起我刚煮出来的。你得找一个稍微凉快一些的地方放着。”赵君看我疑惑的样子，笑着跟我解释。我想，他大概把早上煮的一锅乌米饭给我拎来了。他叮嘱我回家隔水蒸，好吃。

上一次吃乌米饭，是2011年的4月19日，在溧阳。当时好客的溧阳朋友，端上了新做的乌米饭。故乡好事的朋友问我们这些寄居北京的游子，认不认得这是什么，我脱口而出“乌米饭”。

我当然记得乌米饭。不惟是我，2010 年端午节前，一位久居美国，老家是溧阳的计算机专业的科学家到清华讲学，吃饭的时候，他突然间问起了我关于乌米饭的话题。

在他跟我提到乌米饭之前，我几乎将乌米饭的记忆淡忘了。那天晚上，我们三人一边小酌，一边回忆对于乌米饭以及故乡其他风物的记忆，抑制不住的激动。自此，乌米饭重新回到了我的记忆中。

按故乡武进的潘家、南宅、雪堰各镇至溧阳甚而南面的宜兴一带旧俗，农历四月初八，要吃乌米饭。当然，春天到了，都可以吃。比如赵君送我乌米饭时，也不过农历三月十六。当然，农历四月初八是吃乌米饭的正日子。家家户户都要吃的。

我老家武进前黄过去也吃乌米饭，不过不若潘家、南宅、雪堰一带兴盛，因为我们那边没山，做乌米饭的乌饭树比有丘陵的地区要少。

做乌米饭，需要糯米，另一种是乌饭树叶。糯米很普遍，但我记得小时候家里做乌米饭用的乌饭树叶，多是从南宅那边的山上弄过来的。

查资料看到乌饭树又名南烛，古称染菽，是一种常绿灌木，夏日叶色翠绿、秋季叶色微红，多生长于路边山坡向阳处，耐干旱贫瘠，浆果呈紫黑色，可食用，味酸甜。

我不知道乌饭树与乌桕树是否有亲缘关系，明代方以智《通雅·饮食》“青食迅饭”条下说：“青食迅饭，乌饭也。今释家四月八作，或以乌桕，或以枫。”他记是乌桕树。乌桕树小时候我常见，但其叶子应该是不能吃的。大概是方以智搞错了。

不过，故乡旧时，大人们的注意力并不在浆果上，而在树叶上。孙思邈方书曰："南烛煎，益髭发、即容颜，兼补暖，又治一切风疾，久服轻身明目，黑发驻颜。"用树叶煎汁煮饭，一来饱肚二来养生，一举两得，何乐而不为呢？

于是，春天的时候，故乡人喜摘了树叶洗净，放锅里煮透，水呈黑色，捞净叶渣，把淘洗好的适量糯米倒入汁水中浸渍，然后熬煮，汁水随着火势慢慢渗入白色的糯米中，最后将一粒粒糯米染成黑色，盛出来就是油光鲜亮的黑色糯米饭，这个就是大名鼎鼎的乌米饭。

唐医药大家陈藏器谈及乌米饭时说："取南烛茎叶捣碎，渍汁浸粳米，九浸九蒸九曝，米粒紧小，黑如医殳玉珠，袋盛，可以适远方也。"看来，乌米饭还适合当出门用的干粮呢。

吃乌米饭时，多蘸白糖，不就菜吃。这大概跟用糯米做有关，糯米饭以及糯米做的粽子，在故乡通常都是蘸糖而不是就菜吃。不过，黑色澄亮的乌米饭，对于不熟悉的人来说，初见还是会一愣的，这饭怎么黑乎乎的？曾经有人以为大米的品种是黑色的，是黑米煮出的饭。其实，它就是用乌饭树叶浸渍熬煮的米饭。

故乡吃乌米饭有些传说，但大多是穿凿附会。

但乌米饭最初应该是与道家练功求仙有关。道门也称乌米饭为青精饭。北周武帝时编撰的道家著作《无上秘要》里提到有道家人在安徽霍山服青精石饭求仙。不过，早期的青精饭，是用青粱米所制。到梁朝陶弘景时，已有稻米与南烛枝叶熬汁煮饭之说了。这青精饭不仅是道门求仙问道之方，也可如陈藏器所言，可当作出门行脚随身携带的干粮。

后来，道家之术也被佛家吸纳，成了释迦牟尼弟子目连下地狱救母，想办法用南烛叶捣汁染米，煮成乌饭给母亲送去，饿鬼们不敢吃的乌饭。母亲才终于得以饱腹。宝莲灯里的传说也是类似。

李时珍在《本草纲目》中则说：此饭乃仙家服食之法，而今释家多于四月八日造之，以供佛。由道而佛，也是好东西仙佛共享。

不仅仙佛，文人墨客也偏爱了青精饭乌米饭。比如杜甫有诗《赠李白》里有“岂无青精饭，使我颜色好”句，而陆游也有“午窗一钵青精饭，拣得香薪手自炊”句。

我的同学告诉我，还有一种传说，说四月初八是土灰蛇的生日，土灰蛇是蝮蛇的一种，是江南最毒的蛇，吃了乌米饭，土灰蛇就看不见了，人就不怕被土灰蛇咬了。不过，这种传说，倒也是刚刚开始流传。

这也算是仙佛儒三家之爱，落到了江南这块土地上，成了普通农民的信仰。

不仅仙佛儒，乌米饭如今更已成为江南故乡一道民间特色点心，早已经从仙佛儒三界进入寻常百姓家，成为招待亲朋和犒劳自己的美食。

首尔，酒后的那碗泡菜饭

我去韩国是十二年前的事了。那个时候，韩国的首都还叫汉城，并未改名为首尔。至今聊起韩国，我还是习惯性地喜欢说汉城。

去汉城的时候，我还是个韩剧迷。我最爱的韩国电视连续剧是《爱情是什么》，20 世纪 90 年代末中央电视台播这部剧时，我一集未落下过，甚至出差时还坚持看。所以，对于去李大发的故乡汉城，我是特别地向往。不过，汉城之行，留给我最深的印象，不是风景名胜，不是中国人喜欢去购物的东大门，也不是大街上酒吧里的美女和烤牛肉，我印象最深的，是和韩国人喝酒，吃泡菜饭。

我在北京曾经跟韩国朋友喝过酒。韩国朋友喝酒的习惯，与我们颇不一样，颇有古风。年轻的敬年长的，年轻的人要侧身侧饮，喝完要给年长者斟上酒，年长者要回敬，一杯杯地来回敬酒，礼节繁缛，也挺不容易的。

在汉城时，跟韩国朋友喝酒，自然更是如此。只是我有些不习惯菜都不吃一口这样来回不断地连敬连喝，筷子没动，已有酒意。但韩国朋友乐在其中。这种喝法，比我们酒桌上的劝酒喝酒文明典雅——从没有生猛硬劝强灌，只是一杯杯端起来回，解释说是传统，是礼节，身段极软，委婉却有效——既是传统礼节，咱自是要遵从，入乡随俗嘛。

韩国朋友好酒，也热情，也爱面子，一点不输于我们，不过他们对于烈性白酒的偏好，一定不如我们。我们在韩国喝的韩国产白酒，也就四十多度，品质比我们常喝的，也差了不少。但他们最常喝的那种清酒真露酒，喝多了也是挺难受的。

我的韩国向导朋友比我年轻，不会说中文，英语水平比我略高，酒量应该也不如我。在韩国他陪我晚上喝酒，每次都是大醉而归，但第二天一早，一定穿着西装很精神地在宾馆等我们，根本看不出头晚酩酊状，而我还没从醉意中恢复。这个让我好生佩服。

在韩国时，一般工作餐我最喜欢的是泡菜饭，辣白菜汤有几块肥肉片配白米饭，我的同行们吃着厌倦，抱怨吃泡菜饭太多，但我从来都是吃得津津有味。同行觉得我是个怪物，哪有这么喜欢泡菜饭的中国人！但我就是喜欢泡菜饭。尤其在晚上喝过一顿大酒之后，一份热气腾腾的泡菜饭，酸辣合口，也对胃脾气，不仅能够消解头晚的酒意，也能让我的精神复原。在汉城那几天，中午的泡菜饭就是我的解酒药，我常想，酒后要是一早就能有一碗泡菜饭，那一天就都有精神了。不醉酒的人，怎么能够理解醉酒者的肠胃呢？后来我想，那位韩国向导酒醒得这么快，会不会跟吃泡菜饭多有关系呢？

到韩国，一定要和韩国朋友喝酒，醉了，就吃一碗热乎乎的泡菜饭。

我和美女们的饭局

留花翠幕，添香红袖，常恨情长春浅。南风吹酒玉虹翻，便忍听、离弦声断。

宋人赵彦端一阕《鹊桥仙》，把读书饮酒美女相伴的场景写得如此隽永，我很喜欢。

我自然也喜欢饭局上有美女，喜欢“红袖玉虹夜添酒”，喜欢看着美女巧笑倩兮，美目盼兮，然后悄然抿嘴而饮。要说不喜欢，那就不是人了。要说酸腐，这般酸腐了又如何？

赵彦端写得美好，那是文人雅士的趣味，但现实并不一定如此。我参加的饭局，大多是朋友安排，或者我安排，兄弟埋单的。许多饭局，都会有女性参加，参加者各有心事态度。但无论自己身为主角还是配角，我都会给自己在心里立个底线，不在席上跟女性斗酒，不跟女性开任何荤玩笑，自己也不说荤段子。从 20 世纪 80 年代后期开始跟漂亮的师妹组局喝酒，直到如今，我一直坚持着自己的这个底线原则，不逾雷池一寸。

不跟女性斗酒，不是因为平素喝酒时说的那种酒局上女性太能喝不能惹，而是这个社会太乱，女性万一醉酒，容易受到伤害。

我最初饭局里的漂亮师妹，酒胆很好，上大学时就很喜欢跟我们几个师兄喝酒。她是我的饭局中最早出现的喝酒的美女。早些年喝酒时，她常喝多，不是我们劝她，是她主动喝，劝不住，以至于她父母一听她要跟我们几个喝酒，都知道必醉，必派她哥哥来接。

我们从北京喝到常州，从常州喝到北京，如今她自美国归来省亲，若经停北京，我们少不得得一起买醉。最近一次是去年底她携夫将雏回国时跑出来跟我们几个在常州宾馆小酌。我丫头很小的时候就在车上照顾过喝醉的她，以至于现在师妹还经常跟我说，让我把丫头送去美国让她带一段时间。但师妹跟我说，她也就跟我们几个师兄才这样喝，跟别人喝酒从来不这样。

一位同行妹子，过去常跟我和一位老大哥吃饭，我们三人局一起好多年，她从不喝酒，只是跟我们聊天，帮我们倒酒。有一次她突然“犯病”，非要试试自己的酒量，怎么劝都劝不住，结果把自己放翻了，搞得我和谦谦君子的老大哥很是狼狈。第二天我批评她，说幸好遇上我和老大哥，要遇上别人，哼哼。她反击说，跟别人我还不喝呢。

后来我去广州，北京的这个酒局散了，最后这妹子竟然抛家弃子，去古刹青灯向佛了，我知道后很生气伤心。后来专门写了篇文章，《爱酒就是爱生活》，认为若酒局在，烟火气就在，人气就在，她未必会被佛夺走。

我自己在酒局上有时也会劝女性朋友喝酒，但都是小心翼翼，顺着女性朋友的意志，而不是以各种各样的方法来强加于人。但凡朋友有一丝不快，我便会停止，甚至开始劝阻别人的劝酒。但是，酒是色中媒，饭局上很多烟火气确实就是腌臜之气。

一位老大哥，过去喝酒时老喜欢跟饭局上的女性朋友开荤玩笑，我劝阻他。他笑着说，开开玩笑有啥，有时女性朋友也会顺竿说没事没事，玩笑嘛。但我不这样看。我接受不了这样的玩笑。我私下跟他说，你老人家要再这样，我就不跟你喝了。我不知道他跟别人喝酒时改没改，反正，后来有我的饭局上，他基本不再开这种玩笑。

开荤笑话，说荤段子，是轻的。有的酒局上还会有更进一步的嬉闹。有些女性，不知是傻，还是装傻，或者干脆就是从中感到乐趣，很配合，甚至主动。这种场合，我更不习惯，也更不喜欢。遇上这样的场合，我不是保持沉默，便是找借口提前离席，从此一拍两散，各自天涯。

我想，如果像是跟陪酒女郎喝酒，我还不如直接去夜场酒吧呢。如果有人心有别趣，大可以安排私密的两人世界，完全不需要在众目睽睽下打情骂俏，拉上我这种人陪绑看表演，我也不是这种陪绑看戏的角色。这种腌臜的烟火气，硬是把赵彦端写的隽永之味，弄成了焚琴煮鹤。

我虽好杯中之物，喝酒也有一套理论，但无论荤笑话荤段子荤行动，都不会提高我喝酒的兴趣和酒量。我的喝酒理论里只有两军相遇勇者胜，只有酒逢知己千杯少，如若是女性知己，也一样——既是知己，何用那种焚琴煮鹤之法喝酒？所以，至今我不会讲一个荤段子，也不会让任何一个女性朋友在饭局上难堪不虞。

我偶尔也会招呼自己的女性朋友一起参加一些饭局，但都是属于大家都熟悉聊得来，或者价值观接近，这种饭局上，从来不会有那种隐晦肮脏的趣味。尽管我自己本也是粗俗之人，但在这个问题上，却是一根筋地拧巴。

这么多年经历这么多饭局，我从来没有产生过叫个女性朋友出场陪酒添彩的念头。我从来不会要求我的女同事女下属或女性朋友，为了取悦某个客户某个领导而陪酒。我的职业生涯里，也曾经被这样要求过，但遭到我的断然拒绝。

在我的职业生涯里，我曾经有一次跟我所有的同事公开谈过这个问题。我说，当别人跟我提这种要求的时候，尽管只是为喝酒增加气氛，但只要我想想，如果在座的同事是我的姐妹，我是否愿意带自己的姐妹跟那种人喝酒呢？这就是我的标准，也是我的底线。拒绝并不会带来其他，关键是你心底是否有私。

我的一位老马大哥，我最好的朋友之一，也是我的饭局主要埋单者和茅台供应者之一，他一直跟我说，学东你是正经人，正经读书正经做事，我最佩服你，跟你喝酒最高兴。

当然，迄今我职业生涯中三位最重要的女性同事，今年有一次喝酒时几乎异口同声说我属于“人畜无害”的人，她们说这是褒奖，这个“褒奖”其实让我挺纠结的。

也许在有些人看来，会说朱学东你挺装的。也罢，你倒是给我装三十年试试。

这些年我身历饭局无数，过眼美女，不知其数。我饭局上认识的美女，有我的朋友，也有朋友带来的，当然也有因为工作业务交往而相识的。甚至还有偶遇的，关系自是有亲有疏，但无论生活工作有无交集，许多都成了非常好的朋友。之所以如此，不是因为我是女权的维护者，而是我把饭局中的女性朋友视为自己的姐妹，视为自己的朋友。

我想，没有比这更大的尊重吧？这也是参加饭局最起码的原则吧。